李莫愁的人生哲學

郭梅◆著

武俠人生叢書序

全世界華人的共通語言——金庸武俠小說，世代不再只是文字想像，它早已幻為千百個化身：漫畫、電玩、電視劇、電影、布袋戲……，不管是本尊抑或是分身，銷售率與收視率都相當可觀，儼然成為一個新世紀的流行文化標記。

就出版的角度來看，從金庸武俠小說所延伸出來的各種議題，皆競相成為出版的賣點，如金庸武俠小說世界中的愛情、武功、醫術、文化、藝術……等，都能受到讀者的歡迎，男女老少皆宜；當然，我們尚列了古龍、溫瑞安……等武林名家筆下的各知名小說人物供讀者玩賞、品味。

生智文化事業有限公司的相關企業「揚智文化事業股份有限公司」原有近三十本的「中國人生叢書」，擁有穩定的讀者群，在這樣的基礎上，生智文化特推出「武俠人生」系列叢書，為求接續「中國人生叢書」的熱潮，一秉初衷，繼續為讀者服務。

本系列叢書係以武俠小說主角人物爲主，一人一書；爲延續「中國人生叢書」的主題內容風格，「武俠人生叢書」乃以小說人物的「人生哲學」爲主軸，期能提供讀者不同的切入點，品評小說人物的恩怨情仇，惟寫法類似一般著名人物的評傳。同樣的小說，不一樣的閱讀方式，帶來的絕對是另一種新的樂趣。生智文化事業希望您可以在「武俠人生」裏盡情涵泳，在武俠小說與人生哲學之間來去自如，逐步打通任督二脈，使您的功力大增，屆時您將可盡情享受不那麼一般的人生況味！

誠所謂「快意任平生」！本系列叢書深論武俠人物的愛恨情仇等「人生哲學」，作者筆下可謂是感性、理性兼具，在這新世紀的流行文化出版潮流裏，爲男女老少消費群們，提供一個嚼之有味、回味再三的讀物。

生智編輯部 謹誌

自序

在我們的世界裏，因爲有了太陽在清晨的升起，而就理所當然地有了太陽在黃昏的墜落；因爲有了白晝的存在，而就理所當然地有了黑夜的來臨；因爲有了善，而就理所當然地有了惡；因爲有了愛的發生，而就理所當然地有了恨的情感體驗……

同樣的，在金庸先生等諸位武俠泰斗們爲我們營造的武俠世界裏，也因爲有了白的存在，因而就理所當然地有了它的對立面——黑！正義與邪惡的鬥爭，不僅是人類現實世界裏的客觀存在，也是武俠世界裏的人們理所當然的生活方式。

很早以前，在中國傳統意義的俠義小說裏，那種傳統的敍事方式最重視的是故事的本身——換言之，當時的作者最爲關注的是賦予他們筆下的主人翁以非凡的武藝，和對邪惡的誘惑不動如山的高尚情操，於是通常都會自覺或不自覺地忽略了塑造人物那人性的一面。於是在傳統的俠義小說裏，讀者看到的更多的是離奇怪誕的情節，是「善有善報、惡有惡報」的道德愉悅感，是大俠快意恩仇的成功和愜意！於是在這些小說裏，白就一定要白得像白紙、白雪一樣，容不得一點雜色；而黑就必定要黑得像最黑暗的黑夜一樣，一黑遮百色，就算還有其他的顏色存在，也非得將其盡數染黑了不可。那樣的作品，曾經激起那個時代人們強烈的閱讀興趣，但是，對於現代的讀者來說，它們則無疑像是一件款式陳舊過時的衣服，難以引起欣賞和關注。

讀者的需要是每一種文學體裁發生發展和變化的重要原因，這對於各種通俗文學樣式來講就更是如此，武俠小說作爲通俗文學的一員主將自然亦如是！於是，在現代社會流行的新武俠小說裏，我們發現新武俠的泰斗們不約而同地開始觀照人性這個東西——無論是金庸先生還是梁羽生先生，亦或是武俠界的後起之秀古龍先生與溫瑞安先生等，無不勉力將人性這個東西搬入故事的發展中。在作品中，他們力圖透過人物的所思所想和所作所爲來細膩眞實地展示人性的發生、發展和變化，而不再像他們的前輩那樣一味地以離奇甚至荒誕的情節來取悅甚或愚弄讀者。可以說這是新派武俠小說與舊派武俠小說的諸般區別之中最值得重視的一點。

在這本書裏我們要談的主人翁李莫愁——金庸先生的代表作「射鵰」三部曲的第二部《神鵰俠侶》裏的一個重要的女配角，她就是新派武俠世界裏展示人性的一個代表人物。

在《神鵰俠侶》裏，金庸先生一反傳統武俠小說「黑就是黑、白就是白」的思維定勢和創作模式，將李莫愁這個人物放在一個模擬的動態社會環境裏，全方位地、立體地、動態地展示李莫愁性格與心性的變化，將傳統俠義小說裏的平面扁型人物，改變成在新武俠世界裏在性格等方面都有動態發展的活生生的更眞實更感性的人物形象。雖然，在厚厚的《神鵰俠侶》裏，李莫愁作爲女主角小龍女的師姐，同時也作爲一個反派的角色，出場次數並不多，眞正占有的篇幅也並不多，但我們卻無法因此而忽略了李莫愁的存在。恰恰相反，她是一個作者著墨不多但卻完全不同於一般簡單配角的複雜人物。在李莫愁的身上，我們看到了性格處事的發展，這是一種動態的辯證的發展。

人生的際遇無常，而李莫愁的一生正是人生際遇無常的典型表現。在影響李莫愁人生發展的諸多因素中，「愛情」這個人類永恒的話題正是「李莫愁的人生」這盤苦菜中分量最重的材料。

很久以前，我們的老祖宗就以一首〈關雎〉來表現人類對於愛情生活的追求與嚮往，而在這之前，伴隨著人類的第一聲啼哭，愛情與人類的繁衍就同時地在這個星球上發生、發展、開花、結果……

千百年來，也有無數豪客俠士在情感的海洋中放任自己的一葉扁舟隨風遠行：他們在快意恩仇之際，在高歌長吟之時，在月下、在花前、在金樽之畔，在絕域軍營的營帳裏、在大戰之後的修羅場，在沈園柳下、在烏江彼岸，譜就那一齣齣英雄氣短兒女情長的愛情傳奇，傳唱著那一曲「關關雎鳩，在河之洲。窈窕淑女，君子好逑……」！

在《神鵰俠侶》問世之前，金朝詩人元好問的那首〈邁陂塘〉只不過是文人墨客歌詠一隻爲失偶而殉情的雄雁的一首很普通的詠物之作，只是一種在文士騷人間傳吟的個人感觸。可是，在《神鵰俠侶》出版之後，〈邁陂塘〉經過書中人物李莫愁的一番詮釋，以及現代影視媒體的傳播，在今天的世界裏，這首詞已經是下至黃口小兒、上至七旬老婦都能隨口吟誦「問世間，情爲何物，直叫人生死相許？」的「通俗」作品，這不能不說是李莫愁所創造的奇蹟。而以拍武俠片著名的製片人楊佩佩也特別看好李莫愁這個人物，頗不贊同一些根據《神鵰俠侶》改編的電影和電視劇予李莫愁這個人物以「壞人」的詮釋，所以楊佩佩工作室在近年所推出的新武俠片《神鵰俠侶》中一反常規，將她塑造成一個其情可憫、其感可憐的現代李莫愁形象。這部《神鵰俠侶》雖然離金庸先生的原著人物遠了些，但確實也得到了不少觀眾的認同，甚至，和楊佩佩一樣爲李莫愁的遭遇一掬同情之淚的也大有人在。

當然，任楊佩佩如何爲李莫愁翻案，都不能改變李莫愁這個角色固有的定位——在《神鵰俠侶》一書中，李莫愁是作爲反派角色出現的，是楊過與小龍女等正義形象的對立面，是作爲被批判的反面典型人物。李莫愁的許多行爲都是不被作者和我們讀者所認同的，但我們同時也應該看到，李莫愁雖然不是我們傳統武俠小說所頌揚的正面人物，可她也絕不是傳統武俠小說中的一般意義上的扁型壞人。誠然，李莫愁是做了很多壞事，也間接使得作品中的大英雄楊過及其愛侶小龍女歷盡了人世間的崎嶇與坎坷，但我們仍可以從金庸先生的行文中看到，在李莫愁害人之前，首先她本人就是一個受害者。正是李莫愁對愛情的絕對專一與要求對方的絕對專一才導致了她一生的悲劇，也使得我們讀者在掩卷之際忍不住為這個人物扼腕歎息，甚至滿腹惆悵，久久不能釋懷。

當然，李莫愁作爲一個強者，有別於爲陸展元的病逝而自刎殉夫的何沅君，李莫愁不會爲了陸展元的死亡而即時地以自己的生命相殉，即使是最後她在絕情谷自焚而死，也主要是因爲她知道自己已經中了情花之毒，已無生的希望。但不能否認的是，李莫愁一直在以她自己的方式哀悼這段被迫中斷了的愛情：比如她出家作了道姑；比如從此她對別的男人絕對不加青眼；比如她不斷地以他人的性命爲自己的愛情悼亡，而最後她的死亡也有一種近乎於悲劇的震撼力。李莫愁在感情上的悲劇震撼了所有目睹她的死亡的人。而她在感情上所經歷的一切也讓人心生同情。所以當目睹李莫愁在烈焰中以一曲「問世間，情爲何物」爲自己殉葬時，在場的即使是李莫愁的仇人，對李莫愁的死亡也同樣沒有復仇後的快感或是除魔之後的歡欣，有的只是對她的悲憫，以及一種「如果我的遭遇像她一樣，我會如何？」的警醒，所以在場的人全都沈默——唯有沈默。

不過，礙於對全局的佈置與把握，金庸先生並沒有在李莫愁的故事上花費太多的筆墨。李莫愁的情事主要是以一種插敘的手法，在濃墨重彩地鋪敘主人翁楊過與小龍女之愛情故事的同時一併展開。如果說金庸在楊過與小龍女的故事上是以精雕細琢的方式做全方位的描寫，那麼李莫愁的故事則是粗線條的、以鐵筆勾勒的形式完成的——借助於李莫愁的回憶，與丘處機、武三通、武三娘等人的補敍，來進行交代。因爲故事的留白成分較多，反而更加能調動讀者的閱讀興趣，吸引讀者進行創造性的參與。於是李莫愁有別於書中金輪法王、尼摩星等傳統意義的壞人形象，而成爲能夠打動讀者的這麼一個悲劇性的反面人物，使得她在作品的眾多人物中脫穎而出，讓讀者對她具有很深刻的印象，甚至這分印象差不多可以和第一女主人翁小龍女相媲美了。同時，李莫愁這個人物對讀者的影響亦遠遠超出了她在情節上所具有的意義。

如果說金庸先生在《神鵰俠侶》裏呈現給我們的小龍女是一個水一般的少女，給讀者一種蕩滌心靈的清新感受，那麼先生筆下的李莫愁就是火，是一團要燃燒阻礙她的一切事物的烈火。水看似柔軟，卻又堅韌，滴水穿石的功夫是任何鐵石心腸都抗拒不了的；而火，則以一種逼人的豔麗與灼熱來迫使他人正視它的存在。水，看似軟弱，其實雋永，千變萬化的水是沒有一種形狀可以作爲它的代名詞的，卻同時又讓任何一種容器都能掬它入懷；火，看似強大，其實外強中乾，當乾柴燃盡，豔麗的火就漸漸失卻了生命的顏色。火的生命是要靠另一雙手來體現的，一旦沒有一雙添柴的手，火焰的生命也就必然將在淒豔的舞蹈中漸漸消亡。

所以，當如水的小龍女能夠在古墓裏淡然地面對無數個相同的黃昏與清晨時，這個古墓已經成了如火的李莫愁無法忍受的囚籠；當小龍女在絕情谷底安守十六年，靜靜地等著那個十六年的縹緲約定時，李莫愁的最終選擇只能是唱著那首纏綿情深的〈邁陂塘〉，將她渴望愛的生命融化於絕情谷中熊熊燃燒的絕情烈焰之中。

那麼究竟是什麼原因造成了這截然不同的結果？

李莫愁作爲一個「壞人」究竟是以什麼來吸引讀者的注意，以至於讓人爲之一掬同情淚？

而與傳統的反面角色相比，金庸先生究竟賦予了李莫愁怎樣的特質，才使得李莫愁能夠如此與眾不同？

本著這樣的疑問，我們仔細研讀了李莫愁這個情節不多、但內心卻複雜的人物。在本書裏我們將以李莫愁的一生為著眼點，從她的愛情生活、情感世界，乃至於她的人生際遇、處事策略等方面來仔細審閱她這個獨特人物的短暫一生，以求能貼近李莫愁的內心，最終達到解讀李莫愁的目的。

郭梅

己卯歲末於塵囂老宅

目錄

李莫愁的人生哲學

生平篇——李家女兒名莫愁

八月，節近中秋之際，荷葉漸殘，而蓮肉飽滿，正是江南可採蓮的日子。在煙水縹渺的嘉興南湖，採蓮女蕩舟採蓮，一陣輕柔婉轉的歌聲在湖面上蕩漾。

「越女採蓮秋水畔，窄袖輕羅，暗露雙金釧，照影摘花花似面，芳心只共絲爭亂。

雞尺【注一】溪頭風浪晚，霧重煙輕，不見來時伴。隱隱歌聲歸棹遠，離愁引著江南岸。」

舟裏的蓮女和歌嬉笑，一時間歡聲笑語和著隱隱的歌棹構成了江南採蓮時節獨有的和樂景致。

可就在這樣的柔美景色裏，卻有一個身著杏黃道袍的美貌道姑獨立在湖邊的柳蔭下，江南的美景似乎只能引出她的長歎。

「……風月無情人暗換，舊遊如夢空腸斷……」

湖上的歌聲與笑語再次隱隱傳來，道姑——本書主人翁李莫愁忍不住長聲歎息，她提起左手，瞧著仍然染滿了鮮血的手掌，情不自禁地喃喃自語：「那又有什麼好笑的？小妮子只是瞎唱，渾不解其中相思之苦、惆悵之意。」

一時間她半生的流離，相思之切、怨恨之深，都湧上了心頭。

「展元……」

她忍不住在心頭默唸這個十年來她一直強迫自己忘記，卻無時無刻不在心頭泛起的負心人的名字，許多年前的舊事在這晌一一都湧上了心頭……

在李莫愁的記憶裏，父親與母親的名字已經記不得了。只知道，父親是一個讀書人，他雖然從來沒有做過官，卻溫文儒雅；而母親則是一個十分甜美的少婦。記憶裏他們總是微笑——當彼此對望時。

她的出生是令父母相當欣喜的一件事。在以後她稍大一點時，父親常常抱著她掇張凳子在中庭坐了，三盞兩杯淡酒下肚，便吟吟詩句風雅一番。而母親總在炒了幾個小菜之後，伴著父親坐在桌前，盈盈地笑著。李莫愁記憶中最深刻的是母親嘴角的那抹微笑。父親吟得最多的是那首「河中之水向東流，洛陽女兒名莫愁」，他常說詩裏的那個「莫愁」是天底下最幸福的女子，而他的小女兒「莫愁」

則會是天下第二個最幸福的女子。

後來李莫愁才知道那首詩是南朝蕭衍的〈河中之水歌〉，而父親替自己取名「莫愁」，是因爲希望她會像那個嫁作盧家婦的古代少女「莫愁」一樣，能一輩子幸福美滿，與「愁」字無緣。而幾十年後李莫愁才知道，並不是所有父母的所有美好心願都能夠實現的。假如一定要人如其名的話，她眞該叫「李憂愁」才對呢。

這樣的日子一過就是許多年，到這年李莫愁十歲了。誰想一場意外的變故降臨到這個和美的家庭——疾病先後奪去了李家夫婦的性命，於是李莫愁的「莫愁天地」就這樣在短短的半個月內崩塌了。幾乎是在一夕之間，十歲的李莫愁變成了孤兒，這時一個中年女人介入了童年李莫愁的生活——這個生活在終南山古墓裏的女人，後來李莫愁稱呼她作「師父」。

那天拉著師父冰冷的雙手，十歲的小莫愁一步步走離了那個她生活了十年、猶留有她父母音容笑貌的小山村，同時也走離了她無憂的童年時代。自那一天起，李莫愁的一生就徹底地改變了。

以後很長的一段日子，李莫愁一直是在終南山一座叫「活死人墓」的大墓裏度過的。大墓裏有著許多間冰冷的石室，在屬於她的石室裏，床是石頭的，凳子是石頭的，一切都是石頭的……

最初，冷硬的石頭常常讓李莫愁在半夜裏凍醒，而被褥是粗布的，總是扎痛她柔嫩的皮膚。至於白天，她面對的不是冷漠的師父，就是孫婆婆嚴格地督促著她練功。

古墓裏的生活和以往溫暖的生活是那麼不同，童年的李莫愁想念父親柔和的誦詩聲，更想念母親溫暖的笑容，以至於她常常在半夜裏哭醒。而每逢這時，她總會因爲哭泣而受到師父的懲罰，因爲師父曾告誡說練她們的武功是不許哭泣也不許歡笑的。而長大了之後，李莫愁才知道原來她們古墓派的武功講究的是摒棄七情六欲，於是後來她漸漸地不再哭泣。

在古墓生活了一個月後，李莫愁終於成了師父眞正的弟子，從此她不必擔心自己會被趕離這個讓她充滿了恐懼，卻同時又是她在這世上唯一的棲身之所了。

李莫愁一直記得那天師父用她冰冷的手牽著自己，在黑暗中沿著彎彎曲曲的通道走入那間在這一個月裏她從不被允許進入的石室。

那間石室也和她住的那間一樣，空蕩蕩的沒有什麼家具，冰冷的，與她記憶中那溫暖的家完全不同。和其他石室相較，唯一不同的是它在東西兩壁還掛著畫像。西壁的畫中是兩個姑娘，一個二十五六歲，正在對鏡梳妝，另一個十四五歲年紀，作丫環裝束，手捧面盆在旁侍候。畫中鏡裏映出那年長姑娘的容貌極美，秀眉入鬢，眼角之間隱隱帶著一種什麼讓她覺得比師父冰冷的手還冷的東西。（後來，李莫愁才知道那叫殺氣，而以後隨著自己年齡漸長，隨著她殺的人越來越多，當她攬鏡自照時，也在自己的眼角發現越來越多的這種叫作殺氣的東西。）

而那個憨態可掬、滿臉稚氣的丫環少女看起來好眼熟，當師父放開她的手，要她在祖師婆婆面前磕頭時，李莫愁才醒悟原來這就是師父年輕時的樣子。

東壁上的畫畫著一個道士的背影，身材頗高，有點像她的父親。雖然她父親從不會舞劍，更不會在腰間佩劍，可不知怎的，在李莫愁心中總覺得這幅畫像好親切。於是當師父說，入門時有個規矩，在拜了祖師婆婆之後，須得向這畫中的道士唾吐時，李莫愁只吐了很小很小的一口唾沫在那幅畫最不引人注目的一角。

從那一天起，李莫愁才算是再次擁有了一個家。以後她知道雖然師父總是冷冰冰的，可師父其實對她不錯，而面目醜陋的孫婆婆也不是眞的那麼可怕。住得久了古墓的黑暗也不再可怕了，而屬於父母的記憶更是漸漸地少了，於是李莫愁不再害怕古墓的深處會藏著鬼怪，甚至連那床粗糙的粗布被子也不再令她夜不成寐。

從正式拜師那天，師父開始眞正教她武功。從最初的「天羅地網勢」一直到以後的冰魄銀針。時間一天天過去，李莫愁也從一個平凡普通的鄉村女娃成長爲一個雙手能夠控制住四十幾隻麻雀、彈指可以取人性命的武林高手。只是她的對手始終不是師父就是孫婆婆，而且練習武功對她們來說只不過是在古墓幽居的一種消遣罷了，外面的世界則是一種與她們無關的存在，無論是從不下山的師父還是負責採辦米糧的孫婆婆，從未想過要再介入外面的世界。她們說山下的世界裏有一種危險的生物——男人，而祖師婆婆曾經說過「天下男人沒有一個是好人」。

少年的李莫愁常在思考：父親不也是一個男人嗎？可爲什麼母親會願意陪伴在父親的身邊？臉上還帶著微笑？……

李莫愁十二歲時，一個尚在襁褓中的女嬰進入了她的生活。這個由師父從外面抱回的女嬰，她們只知道她姓龍，而之後這個龍姓的女嬰成了她的師妹……

隨著時間的推移，童年記憶中的某些細節漸漸被時間的巨輪磨平了，可父母之間那種會心的微笑、那種溫柔的眼神、那種默契卻始終清晰地留存在李莫愁的記憶深處。在那些青春驛動的日子裏，在午夜夢回時，在讀一本纏綿的詩詞之際，記憶會不經意地悄悄襲來。於是少女的李莫愁開始學會望著古墓外的天空發呆，總在想像著古墓之外的世界，而每次伴隨著她的總是那些不請自來的對紅塵舊事的回憶與嚮往之情。

少女的李莫愁，不願讓自己的一生如師父那樣在古墓裏默默地度過，在少女李莫愁的認知裏，她的人生該是在古墓之外，而不是這個古墓裏的沈沈暮色。於是在李莫愁學會了武功，有了足夠的自保能力之後，這個當初曾提供給她保護、提供給她安全的古墓此時所能帶給她的，只是一種禁錮，這是一種精神上的壓抑。

尤其當有一天，她無意中從師父口中得知祖師婆婆與王重陽的愛情舊事，從此她知道了原來所謂絕情絕欲的祖師婆婆也並非眞個兒能絕情絕欲，於是她對愛情的憧憬整個地膨脹發酵了。祖師婆婆只是運氣不好又兼機遇不佳罷了，並非眞個兒這世上就沒有好男人了，滿腦子少女瑰麗情夢的李莫愁如此想。

於是少女的莫愁憧憬著想要衝破古墓，去到外面精彩的世界。

有時候，望著那個漸漸長大了的龍姓女嬰，望著那張在師父的教導下漸漸變得沒有悲傷與歡笑的小臉，李莫愁總會情不自禁地撫摸自己的臉，捫心自問：我是不是也這樣泯滅了歡笑？這太可怕了！但有時她會忍不住羨慕自己的小師妹，羨慕她像一張白紙一樣單純，羨慕她沒有外面的那些記憶在折磨著她。可更多的時候，李莫愁知道自己不會是小師妹，她做不了古墓裏心靜如水的傳人。

這時，古墓外的世界幾乎占據了李莫愁全部的思想，她開始變得無法忍受古墓內的沈悶、單調、無聊與寂寞。

李莫愁的青春在這些等待裏開始，渴望山下世界之心也在長時間的等待中變得日漸熾烈。當小師妹長到了六歲時，十八歲的李莫愁終於按捺不住自己內心噴湧著的青春火焰，向師父表明了這個久已在她的心魂深處潛藏的願望——下山！

在以後漫長的怨恨歲月裏，李莫愁時常回想起師父當時的表情。當聽到她要下山時，一向心靜如水的師父居然以很悲哀的眼光望著她，久久的，看得她都害怕起來：師父的眼神似乎在看一個注定的悲劇！可那時充滿了對外面世界的美好憧憬以及對一段眞摯愛情之嚮往的李莫愁太自信了，她從來沒有想過自己會有可能步祖師婆婆的後塵，會成爲一齣悲劇裏的悲情女主人翁。

她年輕、美貌，而且還有一身的絕頂武功，不是嗎？年輕的李莫愁相信在那個尚爲她所陌生的所謂的險惡江湖裏，她絕對能照顧好自己。

那天晚上，師父沒有回自己的石室睡覺，而是去了掛祖師婆婆畫像的那間石室，直到第二天才從那裏出來。然後師父告訴李莫愁，只要她發下一個誓言，就傳她祖師婆婆最高深的武學——《玉女心經》上的武功。

在古墓生活的這些歲月裏，師父有時會提及當年祖師婆婆以一介女兒身躋身於武林絕頂高手之列的那些舊事，提及祖師婆婆與王重陽那些足以驚天地的過招，而《玉女心經》則是祖師婆婆在古墓靜修之際，融合她的一生所學而創出的武學大成。雖然李莫愁沒有涉足江湖，可也足以從這些談話中知道，《玉女心經》不光是祖師婆婆最高深的武功，而且放眼江湖也是一門足以稱霸的武學。

從第一次聽到這些故事起，李莫愁就知道學會了《玉女心經》上的功夫也就擁有了稱霸武林的本錢，可一直以來師父總是以她年紀還小，還不能控制住自己的喜怒爲由，不肯教她《玉女心經》上的功夫，直到這次——

李莫愁知道這一生或許就只有一次選擇的機會，因爲師父已經明確地表示，如果她拒絕，她就再也不能得到祖師婆婆的眞傳，《玉女心經》就不再傳授於她。可是，師父要她發的是怎樣的一個誓呀——

如果沒有一個男子眞心願意爲她死的話，她這一生一世都不能離開終南山古墓。

在古墓終老一生，不能見外面的青山綠水，不能呼吸外面自由的空氣，不能擁有愛情，不能……

她能忍受這想來就可怕的日子將是她今後歲月的全部嗎？何況——

古墓一向不允許男人進入，即使是那些全眞教的臭道士也一樣不能踏入古墓周圍的密林，那她怎有機會遇上一個願意爲她生又願意爲她死的癡心男子呢？《玉女心經》確實是很珍貴，可外面的世界是那樣的精彩，讓她怎能割捨得下？

一面是唾手可得的武功秘笈，一面是將來的浪漫情事，在這個兩難的選擇裏，李莫愁毅然選擇了後者。

於是在一個飄雨的春日清晨，年輕的李莫愁拜別了師父，離開了這個她生活了八年的古墓，從那一天起江湖上多了一個叫「古墓派」的門派。雖然這個門派的創始人是多年前那個情場失意的奇女子林朝英，可在幾十年後眞正使古墓派得聞江湖的卻是李莫愁這個毅然出墓、一心追求眞愛的少女。

山下的世界在久別了紅塵的李莫愁看來，一切都是那麼陌生而又那麼有趣。就在李莫愁以一種新生兒的眼光與體驗來忐忑地面對這個陌生的世界時，一個少年公子的身影闖入了她的生活。

陸展元，這個江南嘉興南湖邊陸家莊的少莊主，有著少女李莫愁所沒有的世故與閱歷，經過了一開始的小摩擦之後，這個風度翩翩、氣度瀟灑的世宦佳公子俘獲了少女李莫愁的芳心。以後的那段時間是李莫愁一生中最快樂的日子，只是後來李莫愁才懂得「好夢由來最易醒」這句話。

也是在那段日子裏，一次她與她的陸郎打書肆經過，在坊間不經意翻到了這樣的詩句：「問世間，情爲何物？直叫人生死相許？」若干年之後，當少女李莫愁變成了那個豔若桃李卻毒如蛇蠍的「赤練魔頭」時，那本詩集的名字已經模糊不清了，可那幾句詩卻一直伴著她：問世間，情爲何物啊？誰能給李莫愁答案？

你儂我儂的日子總是特別容易過的，終於有一天，李莫愁把那塊她精心繡製的錦帕送給了自己的心上人陸展元。她在這塊白緞的錦帕四角上都精心繡上了大理國最著名的曼陀羅花——這四朵紅花是她的自譬；而每一朵「自己」身邊她都繡上了一片綠葉，因爲「綠」和「陸」同音，譬的當然是她的陸郎了。在她心裏這塊錦帕象徵著她與陸郎的愛情。

繡帕讓她的陸郎愛不釋手，而那個傳說裏曼陀羅花的美麗故鄉——雲南大理，更是牽動了他們年少的情懷，於是那一年他們相約去蒼山洱海一睹曼陀羅花的風采，誰想變故就起於這趟蒼山洱海之行，不久之後李莫愁永失所愛，大理之行成了李莫愁永遠的黑色之旅。

與陸展元相識相伴的這許多日子裏，他們一直同行同遊。在陸展元的點撥之下，天性聰穎武功又高的李莫愁很快就適應了江湖的生活。隨著李莫愁江湖經驗的日漸豐富，她與陸展元的關係也迅速發生了變化：以前總是陸展元在指點她幫助她，細心地爲她打點好一切，而現在李莫愁的一身武功與我行我素的獨特處事方式使得陸展元反而時時要受制於她，於是陸展元開始感到失落。隨著時日漸久，他們在處事上的不一致也開始暴露。而遺憾的是，此時的李莫愁一心沈醉在自己的成功裏，並沒有及時意識到這個威脅到他們情感生活的危機。

大理三月好風光，洱海蒼山的風光似錦，醉了遊人的心。在這樣一個季節裏他們終於來到了大理。也是在這樣的一個春日，在那風光旖旎的蒼山洱海之間，陸展元遇上了何沅君。於是這一段愛情的雙軌線變成了三軌線，紛紛雜雜地開始了往後恩怨情仇的糾葛。

李莫愁二十歲的那年，她的心上人陸展元終於決定要成親了，可新娘卻不是她，而是在大理國與他邂逅的那個嬌嬌弱弱的何沅君。

當李莫愁從江湖的傳言中得知陸展元要成親的消息時，直覺地、毫不猶豫地就斥爲謊言！李莫愁自信：她那個信誓旦旦的陸郎絕對不可能會拋棄她！於是在陸展元成親前的那段日子裏，她一直在癡癡地等待，等待她的陸郎親自來向她解釋，等待他親口告訴她，這一切只是江湖上不實的傳言，他要娶的當然不可能是何沅君，而是她李莫愁。

可是李莫愁期盼了又期盼、等了又等，等來的卻只是噩耗的成眞——她的陸郎眞的要和那個小賤人何沅君成親了！甚至連喜帖也沒有送來一張，彷彿這世上從來就沒有她李莫愁的存在，彷彿他們那一段熾烈的感情只是一個虛無的夢而已。

李莫愁不甘心，眞的，她不甘心被一個無論是容貌還是武功智謀都無法和她相比的女人打敗！於是就在陸展元成親的當日，李莫愁終於控制不住自己，跑去大鬧他們的婚禮。婚宴上，她遇上了一個讓她大大意外了一下的人物——一燈大師座下四弟子「漁樵耕讀」之中的農夫武三通，也就是何沅君的義父。這個偷偷愛上了自己的義女，但卻礙於世俗的理由而無法表白的中年男人，同樣是來找新婚夫婦的麻煩的。眼見著這件婚事連女方的父親也來插手阻止了，當下不由得李莫愁大為高興，一心以為她與陸郎的好事就會從此諧了，誰想——

這個當初口口聲聲發誓說要愛她一輩子的男子竟然當眾親口招認他的負心，這一來不由得李莫愁覺得天昏地暗。望著刺眼的大紅喜字，望著陸展元這張讓她魂牽夢縈了許多日子的臉，望著何沅君那張洋溢著喜氣與新嫁娘之羞澀的臉，李莫愁唯一的感覺是嫉恨：她不會讓他們在這世上輕易地享盡人間溫柔，她要讓一切隨著她美夢的破滅而陪葬！

就讓這一切毀滅罷！

這一瞬間，黑暗的想法主宰了李莫愁，殺氣開始在她的眼底閃現，就像她十歲時看到的那張祖師婆婆的畫像裏所顯露的那樣。眼見這場婚禮就要變成喪禮，一個大理寺的和尚口宣佛號站了出來，也不見他怎麼用力就攔下了李莫愁凌厲的攻擊。

她的一生，她的一切都被眼前這個負心人和那個叫何沅君的賤人摧毀了，李莫愁恨，她要毀滅一切，可這個好管閒事的和尚居然強要她與武三通衡著他的面子保陸展元和何沅君十年的平安。

李莫愁不甘心，可她自認技不如人，連佩劍都被對方合掌夾住，試問她又有什麼能力去為自己討回公道？她想申訴，可在這個以力量稱雄、以門第衡量一切的江湖裏，又有誰會為她——一個來自籍籍無名的古墓、區區後輩的女流討回公道？

就在那一天，李莫愁第一次意識到武功——這個當初被她隨意棄置的東西有著多大的好處呀！可是一切都已經晚了，她已經為追求愛情放棄了古墓中的絕頂武功，甚至是放棄了古墓這個她人世間唯一的家。雖然在她離開古墓時師父並沒有說什麼要她從此不得回到古墓之類的話，但以李莫愁高傲的心性，自陸展元婚宴上鎩羽出來的那一刻，忽然間便覺得天下之大竟無她的立足容身之處了。

出了陸家莊，在江南的阡陌小徑，李莫愁渾渾噩噩、踉踉蹌蹌地走著走著，不知不覺中來到了一戶燈火通明的人家。「何」！這個寫在門外燈籠上的字尖錐似的刺痛了李莫愁的雙眸！她那早已經被陸展元與何沅君毀損的個人尊嚴再一次脆弱地破裂了。而牆裏何家人的歡聲笑語更是刺痛了她的耳朵，隱隱傳來的話語裏又是什麼「陸莊主」、又是什麼「陸莊主夫人」，又是什麼「郎才女貌，佳偶天成」！

爲什麼全天下人都知道何沅君那個賤貨今天得到了陸展元，而她李莫愁卻是一個徹徹底底的失敗者？

李莫愁的心在哭泣、在悲嚎，她要阻止這些可惡的聲音，她不要再聽見那個足以將她的尊嚴、將她整個人撕成碎片的消息！

混亂中，李莫愁衝進了那所洋溢著親情與溫馨的何宅，而她的大聲喝止卻只換來了肆無忌憚的斥責與嘲弄。

她一定要阻止這些聲音！

李莫愁狂亂地告訴自己，緊一緊麻木的雙手，這才發現一路行來她的劍一直被緊緊地握在手裏。因爲握得緊，劍把上甚至已經沁了一圈汗漬！

……

等李莫愁從一團混亂中清醒過來，剛才還在大聲談笑的何宅二十幾口已全部倒在地上，鮮血流了一地。望著橫七豎八躺了一地的屍體，李莫愁明白自己手上的血漬固然可以洗淨，可是她的心卻將永遠不再完整！

離開那個淌滿了無辜者鮮血的院落時，李莫愁發現那個和她一起大鬧婚禮的武三通正在她身後以極度震驚的目光望著她。李莫愁知道武三通看見了她殺人的全部過程，而江湖自此便不可能接受她成爲一個江湖俠女了。不過，忽然間李莫愁覺得自己什麼也不在乎了，她知道從這一刻起她已經與原來的自己完全不一樣了。

去他的正道俠義，去他的道德良心，李莫愁決定從這夜起安心做她的女魔頭。

此後，李莫愁立了重誓：但凡在她面前提起「何沅君」這三個字的人，不是他死就是我亡。就如在很久以後的一日，李莫愁忽然在沅江上一氣連毀六十三家貨棧船行，也就只因爲他們的招牌上帶了那個刺她眼的臭「沅」字。

自此，李莫愁又恢復了初出古墓時的孤獨。雖然她的美貌依然爲她引來眾多的追求者，其中也不乏眞心誠意之人。可惜情場失意的李莫愁變得異樣厭倦男女間的情事，於是這些追求者的下場就遠不如當初的陸展元那麼幸運了。

雖然李莫愁告訴自己，她恨陸展元這個負心人，可在她內心最深的一隅她知道自己永遠忘不了，忘不了這個她在少女時代傾心愛戀的男人，那個翩翩濁世佳公子。於是李莫愁放任自己的內心，在思念他與痛恨他之中苦苦掙扎。在這種強烈的感情衝擊下，李莫愁不得不以不斷的殺人來求得自我的平衡，可是反過來，內心長期的失衡又只會使得她生活的天平更加失衡。不久，李莫愁脫下紅裝，穿起了杏黃的道袍，慣用的長劍也換成了拂塵，駿馬換作了花驢。她學自師門的五毒神掌、冰魄銀針以及她自創的「三無三不手」和她狠辣的手段換來了「赤練仙子」的名號，江湖上人只要提起「赤練仙子李莫愁」就會色爲之變，而李莫愁也開始習慣了動輒殺人。

因爲她下手從不容情，漸漸的「赤練仙子李莫愁」在江湖上的名頭越來越響了。隨著她殺的人越來越多，不知不覺中殺人成了她日常生活的必需。李莫愁藉由結束他人的生命來感知自己的存在以及對這個世界的報復，於是不久她就由那個美貌的「赤練仙子」變成了「赤練魔頭」。人們雖然還是稱讚她的美貌，可與讚美同行的往往還有極度的懼怕與仇恨。

漸漸的，在江湖上提到「李莫愁」這三個字便足以使人顫慄，可李莫愁的內心卻越來越覺得寂寞。她的寂寞越盛，她的殺戮就越重，於是她的行爲就更加張狂。因爲一來她的武功足以自保，二來她豐富的應敵經驗與她的聰明機靈也使得她幾乎是戰無不勝的。而最讓李莫愁得意的是，所謂的名門正派雖然恨得她牙癢癢的，可又無奈她何，比如名滿天下的全眞教那幫牛鼻子道士曾經數度費盡心機，卻不能夠動她一根毫毛。但就在這時，一場變故卻徹底打破了李莫愁這分洋洋自得的心態，因爲她遇上了西毒歐陽鋒。

當然那時李莫愁並不知道惹上自己的就是那個大名鼎鼎的西毒歐陽鋒，她只知道這個瘋瘋癲癲的老頭子莫名其妙地就纏上了自己。而緊接著，李莫愁引以自豪的武功、她的智慧機變，在這個怪人面前竟然盡數崩潰了，甚至她獨步天下的古墓派輕功，也在這個瘋老頭的追逐下潰不成軍。驚慌之餘，李莫愁想到了古墓，想到了這幾年在書函來往中從未對她有絲毫微詞的師父。

當李莫愁驚慌失措地千里逃奔，回到古墓時，師父幾乎立刻就出手搭救她，以至於差點被逼得要放下「斷龍石」自絕在古墓裏。對於給師門惹下大麻煩的李莫愁，寬容的師父依然沒有任何責備，只是再次吩咐她要好好靜坐練功。雖然師父的口氣仍然是淡淡的，可這時的李莫愁已經知道這淡淡的口吻裏有著並不淡的眞情。

幾年來的行走江湖，李莫愁看夠了爾虞我詐，這使得她對人性這東西失望了，她開始變得不知憐憫爲何物了，直到這次——

師父的冒死相救溫暖了李莫愁這些年來漸漸結冰的心房，這些年來從未在李莫愁身上出現的溫情，重現在李莫愁望著師父的雙眼裏，她甚至覺得自己不久之後也許就會對師父當年關於去或者留的詢問作出「我願意……」的回答了。

可誰知老天連這點溫馨都要剝奪：她只是想殺了那個瘋老頭而已——行走江湖的生涯教會了她：斬草除根從來就是對自己最安全的！可誰知這個瘋老頭居然——

有誰能告訴她，這個被點了幾處大穴的人是怎麼脫困的？

眼見著師父被這個瘋老頭打成重傷，她卻無能爲力，而孫婆婆居然指責她勾結外人陰謀奪取《玉女心經》；年幼的師妹雖然沒有說話，可她的眼神同樣在責備她。

活死人墓，這個天下唯一能容李莫愁的立足之所也不再能收容她深深受創的身心！於是李莫愁再一次踏上了離開終南山的路途，所不同的只是這一次她的師父在榻上奄奄一息。

從瘋老頭手下逃生的經歷，使得這些年來一直順利的李莫愁開始有危機意識。回想起幾年前與天龍寺老和尚的比試，李莫愁更感到了天外有天山外有山。而師父與瘋老頭打鬥時所使的那些她聞所未聞、見所未見的上乘武功更是讓她好生豔羨──她強烈意識到了武功的重要。尤其是當她得知原來這就是曾被她棄置不顧的《玉女心經》上的功夫時，她內心的貪欲就燃得更熾烈了。

在這個危機四伏的險惡江湖裏闖蕩的自己，自然比那個安然身處古墓中的小師妹更需要絕世武功的輔助，不是嗎？何況，再怎麼樣她都是大師姐，她應該比小師妹更有資格繼承師父的衣缽。《玉女心經》本來就應該是我的，李莫愁這樣對自己說。

不久，師妹忽然來信告之，說她們的師父故去了。雖然師父的駕鶴西歸讓李莫愁覺得有些難過，可她更多想到的是那部《玉女心經》。現在的古墓裏只有小師妹和孫婆婆了，一個老一個少，她李莫愁當然不會將她們放在眼裏。於是有一天，李莫愁騎著她的花驢帶著她的拂塵以弔祭爲名去古墓要回在她看來理所當然屬於她的《玉女心經》——這是她第一次硬闖古墓。沒想到師妹居然在古墓中設置了機關，不許她進入。當她費盡心機進了第二道墓門後，又居然在第三道墓門前發現了師父給她的遺言，說道是某年某月某日在她師妹龍兒十八歲生日那天師妹就是她們這一派的掌門人了。並且再三叮囑要她痛改前非，否則師妹將以掌門人的身分清理門戶。

當時李莫愁覺得自己再次遭人背叛了，盛怒之下她再闖第三道門，結果中了師父事前埋伏下的玉蜂針。如果不是小師妹替她醫治的話，她想這世上已沒有李莫愁這號人物了。師父料事如神，李莫愁大敗而退。不過，這次的挫敗反而更堅定了李莫愁想要得到《玉女心經》的貪念，這倒是她師父始料未及的。

這次下山後不久，李莫愁遇見了被人欺負的孤兒洪凌波，不知怎麼的她忽然出手救下了這個瘦弱的小女娃，並且更在這之後做了一件讓自己也倍感意外的事情：她收了這個女娃作弟子。

也罷，就當成是心血來潮吧，偶爾魔頭也會行善的，李莫愁對自己如是說。以後的幾年歲月裏，李莫愁一直由洪凌波陪伴居住在赤霞莊裏。「赤練魔頭李莫愁」的名聲伴著她血腥的殺戮「業績」在江湖上傳得更響了。除了對陸展元的愛與恨仍然時時折磨著她以外，這樣的日子已經可以說是安適的了。

殺戮之餘，李莫愁一直等待著復仇的日子，一等就等到了她三十歲的那一年，終於十年之期滿了……

一陣凌亂的腳步擾亂了李莫愁的思緒，她皺了皺眉，心下不由得惱怒這個居然敢打斷她回憶的人，修長入鬢的長眉一皺，握拂塵的手一緊……。如果不是那句慌亂的叫嚷救了這個鄉野蠢民的性命，恐怕他就會是她在這一天所殺的第一個人了。

這十年裏，李莫愁曾無數次想像那個負心人跪在自己面前苦苦哀求的樣子，也曾無數次設想：當這樣的情景發生時，自己會原諒他嗎？可現在，一切都成了夢幻泡影，剎那間李莫愁覺得腦海一片空白。

她不知自己做了什麼，只知道等自己清醒過來時，在她面前的是兩堆被挖得露出了棺木的墳塋。當然李莫愁並不知道，那個如癲似瘋的傢伙正是和她一樣一直等著前來報仇的武三通，在她狂亂的心中只有一個念頭：她不允許何沅君這個賤人至死都霸占著她的陸郎她的展元。於是她強迫帶路的鄉人替她挖開了兩座墳塋，拿出了陸展元和那個賤人的骨骸：她要把他們銼骨揚灰，使得他們生生世世不得相見。

驀然得知她的陸郎已經不在人世了，李莫愁意興闌珊。雖然但凡她印了掌印之後，人是一定要殺的，可是她忽然沒有了親手滅掉陸家滿門的興致，於是便派了徒弟洪淩波去完成這項「工作」。誰想半路裏殺出個武三娘，平白壞了她的計畫，當下李莫愁不由得大怒，轉而決定依然親自出馬去對付陸家莊一干人等。

在陸家莊，李莫愁一照面就殺了陸家的三個僕婢，可在面對陸立鼎那與意中人陸展元相仿的身架武功時，她不由得心神起伏，饒是她在這十年裏殺人無數，急切間居然下不得辣手。她知道，自己一出手，當日心上人得意的「江南陸家刀法」就要成爲絕響，當下只盼能看得一時就是一時。

在這時柯鎮惡忽然出現並加入戰團，雖然柯鎮惡的武功並不足懼，但念及名滿天下的郭靖夫婦，她還是打定主意，不無緣無故結這個冤家。當下決定先殺了陸立鼎之妻陸二娘，而陸立鼎情急之下欲抱住她同歸於盡的動作，更促使李莫愁徹底動了殺機。

她李莫愁要殺的人，從來就沒有殺不了的！

殺了陸家莊一門五口之後，李莫愁向柯鎮惡顯露了自己的武功遠遠在他之上，並於談笑間用五毒神掌傷了武三娘，之後便以退爲進，用計探得程英和陸無雙那兩個小丫頭的藏身之地，然後立馬殺將過去。其時雖有武三通阻三攔四，可經過這十年的江湖磨礪，半瘋半癲的武三通又怎會是她赤練仙子李莫愁的對手？

就在李莫愁用冰魄銀針打敗了武三通和小郭芙用來助陣的兩隻白鵰，終於擒得那兩個小丫頭意欲斬草除根時，楊過——這個以後竟然與她師妹小龍女相戀的年輕人，以一個邋遢少年的面目出現在李莫愁的面前，打斷了她的殺人行動。等李莫愁好容易克制住自己內心的情緒掙脫這個自腋下抱住了她的少年時，程英與陸無雙頸間繫著的錦帕使得李莫愁倏然收回了已經擊向她們的致命招式。

驀見錦帕，一時間昔日的濃情蜜意在李莫愁心中翻騰不已，而黃藥師在此時又以「彈指神通」來昭告他的出現，情急之下，李莫愁以拂塵捲過了在頭頸處縛了錦帕的陸無雙就走。可年幼的程英一直追在她身後不放，她惱怒起來，拂塵一起就想將她連頭帶胸打個稀爛，誰想黃藥師居然形如鬼魅地出現，嚇得李莫愁不由自主地倒退兩步。於是十年來橫行江湖的女魔頭李莫愁居然被小小丫頭程英打了耳光，受了從未受過的奇恥大辱，好在她也發銀針傷了那個小丫頭。李莫愁自信中了冰魄銀針的小丫頭必死無疑，便不再與之糾纏，當下抓著俘虜到手的陸無雙，會合洪凌波得意地離開了嘉興地界，結束了她長達十年的復仇行動。

然後，她把陸展元與何沅君的骨灰分別撒在華山之巔與東海之濱，讓他們永遠不可能再相會——多年的夙願終於實現了！可意外的是，李莫愁發現自己並沒有感到想像中的快樂，甚至於折磨那個被她抓來的陸家餘孽陸無雙也失去了本來應有的快樂。每當看到這個叫陸無雙的小賤丫頭跛著腳以一副蓬頭散髮的可憐相出現，就不由得她氣消了一半，滿腔的怨恨就化做了胡亂打一頓算數。伴隨著時間的推移，李莫愁甚至允許洪凌波偷偷地教陸無雙防身的武功，直至後來她在心情大好之時還收了陸無雙做徒弟。

在此期間，李莫愁借小龍女比武招親之名，行奪古墓武功秘笈《玉女心經》之實的計畫慘遭失敗。忍了幾年之後，她又利用徒弟洪凌波前往古墓奪取《玉女心經》，誰想這次居然正巧撞見師妹小龍女練功走火入魔。更讓李莫愁意外的是：師妹竟收了一個名叫楊過的少年男子做弟子，而最出她意料的則是：這個少年男子居然願意爲小龍女而死！

當下李莫愁的思緒悠悠地穿越了時空，回到了她尚在少年時的那一天，師父要她發誓……

可如今執著於愛情的自己在這十年裏遍嚐了愛情的苦痛，而師妹這個丫頭居然在不費吹灰之力得到了古墓至寶《玉女心經》之後，又得到了生死相許的眞情，眞是令人羨煞妒煞！

這一瞬間李莫愁的心緒紛湧，其中混合著羨慕與自憐的感情尤其強烈，而嫉妒更像一條毒蛇似的吞噬著她那顆早被仇恨折磨得千瘡百孔的心。

是祝福師妹，還是殺之而後快？李莫愁搖擺不定。直到得知斷龍石已經放下，古墓已無逃生之路，濃濃的殺氣便在李莫愁眼底浮現。

——這是李莫愁自出墓以後第一次離《玉女心經》那麼近，可是急於求生的她已經無暇顧及到自己曾費盡心機要弄到手的《玉女心經》。人只有活著才有希望，李莫愁深深明白這一點。

李莫愁求生的欲望相當強烈，強烈到她可以放下她的心高氣傲與她的仇恨，以古墓外的花花世界來誘惑師妹小龍女說出出墓的道路，最後，她終於忍不住了，竟不顧師門之誼，對師妹和師姪狠下殺手。

她怨恨，怨恨爲什麼這種眞正執著的男女感情卻不能爲她所擁有？

就在她們離死亡最近的時候，戲劇性的轉機出現在這座曾經被王重陽所擁有的古墓裏，雖然她們逃生的過程相當狼狽，可是重見天日卻總是那麼地讓人愉快。雖然雙手的穴道仍然被師妹小龍女制住，而衣物也因爲潛行溪底而浸濕，可李莫愁忽然覺得那天的陽光是那麼燦爛。

這次古墓之行危險至極，李莫愁第一次發現自己在關鍵時刻為求自保，甚至不惜犧牲自己親手撫育教養的徒弟洪凌波的性命——李莫愁的人性差不多已經喪失殆盡。

不料回到赤霞莊後，一場不亞於古墓之險的危機再度在李莫愁的生活中炸開：陸無雙這個一直逆來順受的賤丫頭居然背師私逃！甚至還偷走了她的《五毒秘笈》！李莫愁又動了殺機，她發誓要把這個賤丫頭斃於拂塵底下。

於是李莫愁帶著徒弟洪凌波馬不停蹄地直奔嘉興——她算定了這個姓陸的賤丫頭一定會回到她的故鄉嘉興府去。誰想這丫頭居然機警得很，一路追來李莫愁竟然找不到她，直到那日無意中從丐幫弟子口中得知了這個賤丫頭的行蹤。

長時間的尋找與多日來積累的疲憊，以及對《五毒秘笈》流散的種種不安的揣測，使得李莫愁急欲對陸無雙殺之而後快。可誰想扮作傻蛋的楊過出來攪局，硬生生阻撓了她的劫殺行動。李莫愁眼裏的殺氣越來越濃了。在小鎮外的山上，當李莫愁終於又一次找到了楊過和陸無雙等人的落腳點時，她一心要殺三人而後快。誰知看到的居然是楊過與程英簫歌相和的溫馨場景。一時間她的思緒悠悠飄遠，似乎又回到了當年自己與陸展元的濃情蜜意之中！無奈，好夢從來最易醒，夢醒後徒留惆悵。於是眼前小屋裏的一派和樂融融似乎都是對她李莫愁這個情場失意之人的嘲弄，一時間，在她眼前的彷彿不是楊過、不是陸無雙、不是程英，而是陸展元、是何沅君！

為什麼上天要剝奪她最寶貴的東西？

為什麼最美麗的時光卻是最短暫的？

她不甘心！

她不認輸！

……

「問世間，情為何物？」

不知不覺中，李莫愁吟唱出她在寂寞孤獨中常常唸誦的金人元好問〈邁陂塘〉裏的句子。

她恨，恨這世上既然有了她李莫愁，為什麼還要有一個何沅君？

既生瑜，何生亮？

這十年來李莫愁已用盡了她生命裏的每一分熱情去仇恨，而現在唯有殺戮能夠維持她心靈的平靜和寧定。

她本以爲陸無雙會以《五毒秘笈》的下落作爲要脅，可誰知楊過居然把她視若珍寶的《五毒秘笈》扔回給她，似乎不屑一顧似的。然後，她再次看到了那塊錦帕——那塊當年她一針一線融合著一個少女所有的愛戀而繡成的錦帕。和幾年前在陸家莊一樣，這塊顏色仍然豔麗的錦帕再度掀起了李莫愁內心的狂瀾，只是這次李莫愁拒絕爲它心軟，於是，她親手撕裂了這塊錦帕！就像是割斷了自己和過去的聯繫。

她的拂塵在手中蓄勢待發。

李莫愁知道，若以武功論，在屋裏的這三個後生小輩沒有一個是她的對手。只是現在，看著他們彈琴的彈琴，微笑的微笑，不由得李莫愁心裏嫉恨他們這其樂融融的歡娛之景。在這一刻，在她的內心深處，殺楊過等人已不僅僅只是單純的殺人，而成了她與何沅君之間的競賽！

她絕不允許他們這樣快樂地死去！

於是李莫愁放聲悲歌，只等三人同放悲聲之際就是她下手殺人之時。誰想天下事就這麼不如意，先是有傻姑闖入搗亂，後又有音樂與武功均獨步天下的黃藥師插手，結果李莫愁害人不成反倒差點誤了自己——她被黃藥師以悲戚的琴音制住心神，幾乎無法全身而退。

這次鎩羽而歸激起了李莫愁性格中的倔強，她發誓一定要殺了這三個小鬼！於是李莫愁遣走了徒弟洪淩波，獨自在荒山上的一間破舊不堪的茅舍裏住下。期間李莫愁也遭遇了黃藥師，但因爲她料敵於先，自恃身分的黃藥師果然奈何不得她這個單身的後輩女流，反而被早有準備的李莫愁用「桃花島主，弟子眾多，以五敵一，貽笑江湖」的字條大大地嘲笑了一番。一等黃藥師離開，李莫愁就伺機打傷了傻姑，然後就要殺了楊過等人。不料當她動手之際竟發現楊過居然想出了一個精靈古怪的主意——打製一把大剪刀來剪斷她的拂塵。

也許只是因爲寂寞吧，李莫愁忽然害怕起自己殺了四人之後，必然會有的那好大一段寂寞，於是她選擇了好整以暇地在那個馮鐵匠的鋪子裏等著他們打好這把剪刀再鬥。當然，李莫愁很肯定，無論有沒有大剪刀，這三個小鬼都絕不會是自己的對手。

等待中，李莫愁發現她越來越不明白自己了，也許因爲楊過是她這輩子所見到的唯一一個願意用生命來守護愛人的男人吧，於是在李莫愁內心深處有一角，在這個連她自己都快忘卻了的溫柔地帶裏，她知道自己不願意馬上結束楊過這個難得的有情有義的男子的性命。

世事往往出人意料，就像當年的李莫愁從未想過有一天她的陸郎會拋棄自己而去娶那個何沅君一樣，她也壓根兒沒有想到馮鐵匠居然會是黃藥師的徒弟馮默風！而更意外的是，本是殺人者的自己，居然因爲馮默風的原因而欠下了楊過這小子的解衣蔽體之恩。而且楊過這小子在黃藥師的點撥之下，居然還憑一張三寸不爛之舌占了自己的上風，讓一向自負口齒便給的自己敗得啞口無言。

自鐵匠鋪裏狼狽退走之後，李莫愁遊遊蕩蕩地過了好久，這期間她一會兒羨慕小龍女與楊過的濃情，一會兒又怨恨自己的不幸，巴不得天下人都和她一樣不幸。就這樣，她一會兒這樣想，一會兒那樣想，歎一陣，又恨一陣，不知不覺就到了宋金大戰一觸即發的襄陽城。

那日李莫愁自投宿的客棧忽然聽得街上的吵鬧，便惹來了一場彷彿命中注定的是非──本來全天下人都死絕了也不關她赤練仙子的事，可天下事就這麼玄妙，不該你的，使盡了心機也不會是你的，可該你的，任你躲來躲去終究會找上門來──李莫愁一直認定師妹小龍女與徒弟楊過已經有了苟且之事，所以當她發現在屋頂爭鬥的是楊、龍二人與一個外族的大和尚在爭奪一個襁褓嬰兒時，她直覺地以為那個才剛出生的嬰兒是楊過與小龍女的骨肉，於是當這個嬰兒從屋頂掉落時，李莫愁伸手抓住了那個托著嬰兒的金輪。

嬰孩在手即是籌碼在手，於是李莫愁對《玉女心經》的全部狂熱盡皆復甦了，當下搶著嬰兒就要出城。但時在半夜，城門自然是關著的，於是李莫愁就仗著自己的絕頂輕功外加鐵石心腸，從城樓之上推了個活生生的士卒做墊腳石，平平安安地出了城。在她的身後，金輪法王與楊過緊追不捨。

以李莫愁一向的性子，女嬰縱然無辜，卻與她有何相干？她要的只是《玉女心經》而已，女嬰充其量不過是交換的工具罷了。她心裏很清楚楊過與那個叫金輪法王的大和尚都急欲得到女嬰，以她李莫愁的聰明智慧當然不會傻得放棄女嬰這個現成的擋箭牌，只是礙於武藝奇高的金輪法王與武功進展奇速的楊過，才沒能夠搶了女嬰先走。不久李莫愁又中了楊過的計，被迫與之聯手。那楊過詭計多端，他二人仗著「埋針計」擊退了金輪法王等強敵，但她的身邊卻始終黏了一個擺不脫甩不掉的楊過。

爲了給女嬰找奶喝，李莫愁一怒之下殺了那個不知好歹的鄉野愚婦，又燒了幾間屋才解恨。最後好不容易捉了一隻哺乳的母豹，才解決了女嬰的吃奶問題。夜宿山洞，楊過的體貼照顧又令她感慨萬分。一邊是熟睡的嬰兒，一邊是願意爲小龍女放棄生命的楊過，敗績情場之後的十幾年裏，李莫愁第一次重溫了人情的美好。她手執拂塵，一邊輕輕地替嬰兒驅趕蚊蟲，一邊則靜靜地凝視著嬰兒，時而微笑，時而悲苦，忽而激動，忽而平和，一時間各樣情緒紛沓而至，讓她一時間不知自己是該羡，還是該恨？

不過，這份溫馨歡悅很快就因爲武氏兄弟爭奪郭芙的「戰役」而告結束。當李莫愁脫離了楊過與武氏父子的圍攻，抱著嬰兒跨上母豹離去之後，不知怎麼的，這個小小嬰兒的柔嫩樣子，居然打動了她那顆十幾年來幾乎已經不知溫柔為何物的鐵石心腸。於是李莫愁帶著這個「小龍女與楊過」的「私生女」，在襄陽城外的某處深山過起了隱居的生活，整日價不再打打殺殺，而只是擠了豹乳餵養女嬰，日子倒也過得頗為舒心愜意。有時想起自己搶奪嬰兒的初衷，竟然莞爾，忽然覺得即使小龍女與楊過眞的帶了《玉女心經》來交換，自己也未必肯把這個孩子還給他們了。每當有人看見女嬰的可愛嬌美而大加褒讚時，李莫愁就像一個母親似的感到驕傲和自豪，眞是比自己得了稱讚還要開心。

這日，米和鹽都快沒有了，李莫愁抱了女嬰下山去採辦，不料竟被送女出城避禍的黃蓉撞見。當下黃蓉認出了裹著女兒的湖綠色襁褓，於是就藉故搭訕，想引得李莫愁主動將孩子交到她手裏。不想功虧一簣，便順勢改變戰略，藉口一分高下，而行奪回嬰兒之實。一心想保護孩子周全的李莫愁被騙上當，被黃蓉的超一流智謀弄得束手束腳。她先是將嬰兒放入了黃蓉佈置的棘藤陣中，然後被兩只蘋果收了冰魄銀針，還中了自己的冰魄銀針的毒！如果不是她的一念之仁救了自己的命，恐怕自那天起李莫愁就不在人世了。

本來事情至此也就結束了，偏偏那邊楊過因爲忿恨郭芙誣賴他偷了妹子，就眞的從棘藤陣中將郭襄偷走。而已對小郭襄生出母親般情愫來的李莫愁便自告奮勇與黃蓉、郭芙等一同去古墓尋回被楊過帶走的郭襄。沿途她們聯手打敗了色心大起的公孫止，救了被公孫止糾纏的武氏父子、耶律齊兄妹與完顏萍，使黃蓉的尋女之旅添了六個生力軍。同時李莫愁也在這一路行往終南山古墓的路途中，重新燃起了對《玉女心經》的貪欲。

在終南山那條通往古墓的小溪前，黃蓉與她攤了牌——原來聰明絕頂的黃蓉早就看出沿途以來李莫愁助她尋女之心已然不純。被黃蓉擠兌得沒有辦法的李莫愁只得帶著耶律齊、郭芙和武氏父子等人下得溪去，自水底進入古墓。黃蓉因爲才生產過後，就沒有入墓監督，本來以爲有年少機敏的耶律齊與經驗豐富的武三通壓陣應當沒有問題才是，沒想到……

才剛順著溪底地道進入古墓的地界，熟悉地形的李莫愁便以銀針逼退了耶律齊等人，並開動機關將郭芙等困在一間封閉的墓室之內，而她自己則藉助墓中的黑暗單獨離開，急忙忙去尋找那本讓她念念不忘的《玉女心經》。在李莫愁的想像中，《玉女心經》是一部書，就像她的《五毒秘笈》一樣，這樣重要的東西，小龍女必然是隨身攜帶的。所以她現在首先要做的，就是找到小龍女和楊過兩個人。但李莫愁萬萬沒有想到的是，《玉女心經》並不是一本紙帛做的書冊，而是刻在古墓的一間石室裏的「石頭書」。她不知道，她的這個錯覺將帶給她很大的麻煩。

不可否認，在究竟要不要殺楊過這件事上，李莫愁是越來越猶豫了。當初在古墓第一次見到這個願意爲師妹犧牲自己性命的少年郎時，李莫愁十分不悅師妹竟然違反門規收了這個小子作徒弟，何況當時斷龍石已經放下，她們就要被困死在古墓裏的事實也使得李莫愁無暇被他的眞情所感動，於是即使楊過的誓言打破了她們師父要她們發下的毒誓，李莫愁對楊過還是照殺不誤。可現在，在經歷了襄陽城外與楊過相處的那個夜晚，感受到那種被人周到照顧的愉悅溫情之後，在聽說了這個青年男子願意爲了他的愛人不顧全天下人反對的種種傳言之後，李莫愁的殺心開始動搖了。

不過當李莫愁發現小龍女與楊過的蹤跡，並以爲是小龍女在爲楊過療傷時，她還是沒有放棄這個千載難逢的好機會。礙於楊過與小龍女的武功，李莫愁出手就是連環而至的兩撥冰魄銀針。雖然這八枚冰魄銀針沒有打中小龍女與楊過中的任何一人，但卻造成了以後小龍女與楊過十六年的分離與相思，大大添了李莫愁的罪孽。同時，李莫愁也早料到要制伏楊過與小龍女並不是單靠這幾枚冰魄銀針就可以奏效的，所以緊接著她就使出了另一項絕技——她自創的五毒神掌，一心要制伏楊過與小龍女，達到奪取夢寐以求的《玉女心經》的目的。

不料楊過那小子古靈精怪，居然借用她的那一掌打通了小龍女體內被阻塞的奇經八脈，李莫愁倒幫了他們的大忙。不過，蘊含在五毒神掌中的毒素也同時進入了小龍女和楊過的身體，李莫愁的罪孽簿上又添了一筆債。不過，這時候的李莫愁自然不會去考慮師妹的生死存亡和自己「多行不義必自斃」的後果，而是一心一意專注於逼問《玉女心經》的下落，於是一向心思機敏的她竟爲楊過所騙，被活活埋葬在一口空石棺之中。

李莫愁出道多年，也不知經過了多少大風大浪，也曾不止一次與死神挨得極近，不過她從未有過像現在這樣的經歷：被密閉在一個狹窄的空間裏，靜等死神的緩步降臨，而自己卻完完全全地無計可施！

在極度恐懼之中，李莫愁心中轉過了無數個念頭，到最後怨毒之情整個地占據了她的心房，遮去了她內心僅剩的那麼一點溫柔。於是她在死神的氣息面前發誓，如果她這次能夠僥倖逃得性命，她將要殺死這世上任何一個還活著的人！

這時，在石棺外面，鹵莽的郭芙用李莫愁遺留下的冰魄銀針誤傷了小龍女與楊過——正處於逼出體內毒質求得一線生機的關鍵時刻的小龍女和楊過！小龍女經此一劫，毒素盡流入奇經八脈，等於被一把推入了閻王爺的懷抱，哪怕扁鵲再世神仙下凡也救不了她的性命了。在大怒與大悲之下，楊過以玄鐵重劍狠劈石棺洩憤，不料無意間震裂了活埋李莫愁的那口石棺的棺蓋——已經絕望的李莫愁終於僥倖得以逃生。

其時蒙古軍隊正圍攻拒不接受蒙古大汗封賞的全眞教，他們放火燒山，想把重陽宮變成瓦礫堆。僥倖逃得性命的李莫愁一腔怨恨急於發洩，於是就找上了那個嬌縱刁蠻而又自命不凡的郭芙，將她引入著火的林中意欲活活燒死她，最後幸得楊過相救郭芙才逃得性命。

隔著山火，看著楊過與小龍女在高處相依相偎，衣帶隨風獵獵飛舞，臉上洋溢著那種只有極其相愛、互以生死相許的情侶才能夠擁有的幸福神情，李莫愁忍不住又是羨慕又是妒忌，一時間百感交集，悲酸苦恨塡滿胸臆。

失意至極的李莫愁百無聊賴，決定帶洪淩波回赤霞莊隱居，不料居然狹路相逢老頑童周伯通。此君惟恐天下不亂，竟引她們師徒進了絕情谷，於是李莫愁意外地遇見了同樣是被老頑童引進谷的程英、陸無雙表姐妹。要知道她李莫愁向來就是睚眥必報的，更何況陸無雙盜寶叛師，罪不容恕，於是雙方當下就廝殺成一團。

其時，絕情谷的弟子奉了谷主夫人裘千尺的命令，用帶漁鈎與七首的魚網陣將李、洪、陸、程四人引入那個種滿了一種豔麗奇花的山坳，又用這種豔麗花樹的枝條封住了出口。雖然當時李莫愁並不知道這個種滿了豔麗花樹的地方叫作情花坳，而這種看似極度美麗實則含有劇毒的花朵叫作情花，但以她的聰明與謹慎自然馬上看破其中必有陷阱，於是一邊提醒徒弟洪淩波不要碰觸這些豔麗的花樹，一邊繼續與程、陸姐妹廝鬥。本來程陸兩人根本不是她的對手，李莫愁藝高人膽大，雖然發現洪凌波對陸無雙手下留情，也未加點破。可是不久楊過、小龍女與黃蓉、耶律齊等人紛紛趕到，形勢變得對她極爲不利，又聽得楊過提醒程陸二女周圍那些色澤豔麗的美麗花樹蘊含著致命的劇毒，她不得不開始圖謀脫身之計。

此時情花坳中的情景是：她們四人都被情花團團圍困，而花樹林的寬闊使得她們在場的任何一人都不可能憑藉自己的輕功脫離情花的包圍，換言之，沒有墊腳石是出不去的。當然，在李莫愁的心裏，最好的墊腳石莫過於正與她們師徒做殊死搏鬥的程英與陸無雙了。不料當她剛剛擒得程陸二女欲做墊腳石時，楊過那傻小子居然不顧自己的安危衝入情花叢中將二女救走。眼見花叢外邊黃蓉等人虎視眈眈，敵強我弱，情勢危急，李莫愁一急之下陡生惡念，一把抓起自己的徒弟洪凌波就擲了出去，意欲犧牲徒弟以求脫困自保。不料在這生死關頭，徒弟洪凌波並不甘心成爲師父的犧牲品，在洪凌波的反抗下，李莫愁失去了飛越情花叢的良機，師徒二人一起墜入了劇毒的情花之叢，身中劇毒。

李莫愁惱羞成怒，一出手間便要了洪凌波的命。這時，郭夫人黃蓉卻笑吟吟地告訴她，其實安全離開情花叢的辦法很簡單，既不用傷了洪淩波的性命，更不會害自己身中劇毒。李莫愁一聽，後悔了！不過，這後悔只持續了很短的時間，因為她知道這世上從來就沒有後悔藥，於是她在辯駁黃蓉的同時也為自己尋找到了充足的理由：徒弟洪淩波的命本來就是我救下的，現在也不過是把那條命要回了嘛！既公平又合理，我李莫愁憑什麼要後悔？

可是，自己身上的毒怎麼辦呢？

她想活！在石棺被困之後，李莫愁開始對活著有了一種近乎狂熱的渴求。她必須去尋找解藥。而她的經驗又使她知道，在這個被喚作絕情谷的地方必然會有救治這種花毒的靈藥，她不顧一切地找呀、找呀。

在滿山滿谷亂逛亂找之時，李莫愁遇見了絕情谷的流亡谷主公孫止。這傢伙垂涎李莫愁的美貌，竟主動提出願意替李莫愁弄到解毒的靈藥絕情丹，挽救她的性命。為此，公孫止甚至不惜害死了自己的親生女兒公孫綠萼。

在感情上，李莫愁自然是仍心繫陸展元，對這個居然會幹出強搶少女的卑鄙勾當的公孫谷主沒有一點兒好感，可是，眼下最要緊的保住性命，孰輕孰重她李莫愁還是分得清的，於是她便權且與這個能夠幫她弄到解藥的流亡谷主結成了聯盟。

當公孫止去裘千尺處奪取絕情丹時，李莫愁就在絕情谷裏遊蕩，狹路碰上一個異域的和尚——天竺僧。李莫愁當然不知道這個和尚可能是世界上唯一能解情花之毒的人，於是習慣於遷怒、習慣於抬手殺人的她就這麼輕飄飄地彈出了一枚冰魄銀針，讓天竺僧做了冤魂，並就此鑄下了楊過與小龍女十六年的坎坷，也斷送了自己的性命！

在與痛失師叔後勢若瘋虎的朱子柳一番纏鬥之後，李莫愁落在了黃蓉、楊過、一燈大師等人手裏。當耳裏眞眞切切地聽得正是自己殺死了能夠解毒救命的良醫時，李莫愁只覺得兩眼發花，一個聲音忽然在她的腦海裏轟響：

「自作孽，不可活！」

在生命的最後一刻，李莫愁以爲自己本來已經夠冷的心忽然再次感到了徹骨的冰涼，恍惚間，她看到了那張十幾年來她以爲自己已經忘了，卻又知道自己其實永遠無法忘懷的臉！而在這張少年英俊的臉龐邊上的就是……

此時情花之毒發作，胸腹齊痛，李莫愁忍不住衝口叫道：

「展元，你好狠心，這時還有臉來見我……」

一時間，身體的劇痛與心中的劇痛一起煎熬著李莫愁的靈與肉，怨忿之餘，她忽萌自絕之心——只見武敦儒的劍尖明晃晃的，她便一頭撞了過去！可惜，自殺未成，卻反而滾下山坡，被絕情谷水仙莊所燃起的熊熊烈焰緊緊包圍。當熾熱的火舌熱烈地親吻她的全身之時，李莫愁忽然感到了一種無與倫比的解脫的快感：

「展元，我來了！」

她知道，在那邊、在那個世界裏，她的陸郎將再也無法、再也無法逃開她！

注一：

在歐陽修的〈蝶戀花〉原作中，「雞」應作「溪鳥」（音同「西」），「尺」應作「東力鳥」（音同「翅」），此處乃以三聯書店版的《金庸全集．神鵰俠侶》爲藍本。

李莫愁的人生哲學

感情篇——問世間，情為何物？

眾所周知，在人的一生中，感情這東西占有極其重要的地位：親情、愛情、友情、鄉情……，只要來這世上一遭，任誰也逃不開掙不脫這些世俗情感的羈絆。這些世俗人間的五味雜色，與緊隨著它們而來的喜怒哀樂等種種人類表達自己情感的通俗手法，注定要緊緊追隨著每個人的一生。

當然，因爲存在著人類個體上的客觀差異，當人——這個具體的情感承載物存在著這樣那樣的不同時，情感這個東西也就緊隨其後變得化身千萬、不可捉摸起來。與此同時，在不同的人身上，這大千世界中的各種情感也可能有著它各自截然不同的影響力。比如愛情，這只是一個由兩個發音很簡單的字組成的辭彙，但它卻能讓穆念慈爲它潦倒窮途卻甘之如飴、讓黃蓉由我行我素的桃花島小妖女一變爲救民於水火的濟世女俠、更可以支持小龍女在絕情谷底的冷寂中一待就是漫長的十六載寒暑！同樣，也就是這兩個字，使當初一心一意愛丈夫的賢妻裘千尺搖身變爲滿心怨毒的殺夫兇手，更使昔日單純可人的擺夷女子何紅藥成了猙獰的惡鬼羅刹……

縱觀李莫愁的一生，愛情作爲她人生餐桌上的一味主料，以壓倒其他感情之勢強烈地影響著她的人生。正是愛——這種在歲月的流逝中，由濃濃之甜轉向澀澀之苦的情感主宰了她的一生，使得李莫愁這個並非弱女子的人物，由一個天眞的、甚至還有些任性倔強的少女變成爲可以在一怒之下連毀七十二家船行的女魔頭。

正如金庸先生在《神鵰俠侶》一書中引用的金人元好問之〈邁陂塘〉所言：「問世間，情爲何物，直叫人生死相許？」在《神鵰俠侶》中，李莫愁以一個滿手殷紅鮮血的道姑形象濃墨重彩的出場，然後在經歷了諸多人世間的曲曲折折之後，最後以絕情谷的一場大火終了了她的一生。

在那些屬於李莫愁的歲月中，情愁愛恨緊緊纏繞，構成了她那色彩濃麗、同時也是怨毒至深的一生。回顧李莫愁短暫的一生，我們會發現，正是李莫愁那執著的愛情信念以及她在現實中坎坷的愛情經歷極大地左右了她一生的發展，最終將她導向了毀滅。

問世間，情爲何物？

《神鵰俠侶》告訴我們，李莫愁的一生經歷了四變：家變、情變、師變和死變——父母雙亡，幼失怙恃是「家變」，這導致李莫愁離開世俗人間的精彩生活，被迫進入古墓幽居的時代。這少年時期的與世隔絕在很大程度上影響了她人性的健康發展和人格的正常建立，使得她最終成長爲一個非社會化的人，導致了她與外界、與其他人在溝通上的困難；然後，少女李莫愁回到了紛繁複雜的外部世界，與陸展元的一場失敗的戀愛導致「情變」，造成了她整個人生天平的傾斜，對她以後的生活影響巨大。正是這場「情變」使得那個清純脫俗的少女一變爲殺人的紅粉惡魔；緊接著，李莫愁成了師門的對立面，一場「師變」切斷了她在人世間最後的一線溫柔，使得她眞正從行事到內心都變成了動輒殺人的冷面羅剎；最後在古墓石棺內遭遇的「死變」則完全泯滅了李莫愁的人性，使她徹底蛻變爲一柄殺人的利器。

凡是金庸先生的讀者，只要一提及李莫愁的愛情，每個人的耳邊似乎就會響起她淒厲至極的歌聲：「問世間，情爲何物，直叫人生死相許？」還有便是因爲這歌聲而枉死的人和橫流的鮮血——當然，不是李莫愁自己的鮮血和生命，因爲李莫愁在初遭打擊之時，雖然羞憤難當，但並未以自己的鮮血作爲愛情的殉葬，而是選擇了在喜氣洋洋的陸家莊之外，讓何姓拳師一家二十餘口爲了她這段再也無望的愛情付出了生命的代價。那慘狀的目擊者武三通雖爲武林大豪，但在十年後思想起來仍然心有餘悸，從此對李莫愁既恨且懼。而在之後的十幾年裏，李莫愁更是不斷讓無辜的人們爲這段發生在過去的愛情悲劇付出了血的代價。

所以，若要分析李莫愁這個被感情左右了一生的人物，她的愛情就是最好的切入口。因爲在分析中我們發現，正是與陸展元的那次失敗了的戀愛整個扭曲了李莫愁的一生，改寫了她的人生軌道。

那麼，發生在李莫愁身上的到底是怎樣的一場令她刻骨銘心的風花雪月呢？在金庸先生細細講述楊過與小龍女之間動人的愛情故事之間隙，我們可以知道發生在李莫愁與陸展元之間的愛情故事大致是這樣的：

陸展元，江南陸家莊的少莊主，在江湖上也算小有名氣。翩翩年少的陸莊主行走江湖時認識了了一個才剛從終南山古墓裏出來的單純少女，她的名字叫李莫愁。李莫愁明眸皓齒，秀色奪人，別說在江湖上，就算是和那些養在深閨的大戶人家小姐相比也毫不遜色。更難得的是她還有一身好武藝，而且她的武藝偏生又和盛行江湖的少林派和武當派等派別的功夫完全不同，由女子使來不但不覺粗魯，反而猶如風擺荷葉般更加搖曳生姿。陸展元一見之下，不由地大爲傾倒。而李莫愁，這個剛剛出道的單純少女，滿懷著對人生美麗的憧憬與幻想，一心追求想像中的古墓外面的精彩生活，於是這個處處溫柔體貼的翩翩俗世佳公子陸展元就理所當然地輕易撞入了她小鹿一般的心間，從此深銘心版，驅之不去，成了她一生最大的痛。當然，這是她始料未及的。

就在李莫愁恣意地享受著久違了的自由空氣以及甜蜜愛情的滋潤，並覺得自己再也離不開這分讓她有宛若重生感覺的愛情時，老天和她開了一個超級大玩笑——她遇上了如幾百年前三國周瑜所遇上的問題：既生我李莫愁，又何生她何沅君？

雖然那個來自大理的名叫何沅君的姑娘與李莫愁一樣都是孤兒，可她卻是武三通的養女，其娘家可算得上與大理鼎鼎有名的段氏一門關係密切。武三通的武功出於昔日段皇爺，也即是武林中武功達到頂峰的「東邪、西毒、南帝、北丐」中的南帝的傳人。而何沅君本人又是溫柔體貼，軟語細細，能把人伺候得舒舒服服的，自然比基本上不通人情世故、一味只知舞刀弄劍的李莫愁好相處多了，令得與她交談的陸展元如沐春風。

於是，在陸展元的心目中，兩位姑娘很快被判出了高下。雖然何沅君的養父武三通因爲很私人的原因堅決不同意女兒嫁入陸門，而李莫愁也仍然橫亙於他們中間，可陸大公子終於下定決心拋棄李家姑娘，轉與何家姑娘成親。本來事情到此爲止，何人心碎何人歡喜也就不關各位看官的事了，誰想我們的李大姑娘大概是因爲久處古墓吧，遇到「心上人成親，新娘不是我」這等大尷尬傷心事，不通世務的脾氣竟然發了個十足十，不顧自己黃花閨女的身分和臉面，跑去大鬧陸展元和何沅君的婚禮。這種不按常規與牌理出牌的行爲搞得風度翩翩的陸大公子方寸大亂，他的功夫又沒有李莫愁那麼高，沒奈何差點血濺當場。幸好席間有個天龍寺的老和尚，他與雲南大理段氏一族關係匪淺，衝著段皇爺的面子，插手來管這件閒事。老和尚身懷絕技，一出手就鎮住了李莫愁這個被愛情傷透了心、沖昏了頭的可憐小女子，同時被制住的還有和李莫愁一樣來尋新婚夫婦晦氣的武三通。在老和尚的要求下，他們二人不得不答應十年之內不向陸何夫妻尋仇。李莫愁積怒於心，鬱結不得發作，從此竟然大開殺戒，血腥江湖又添一魔——救了陸展元與何沅君的一場姻緣，卻因此陪了不少人的性命，而且十年期滿後陸家莊依然難逃劫數，這樣的結果倒是那一心只想救人濟世的天龍寺老和尚所始料未及的。

也許，在看透了世事情事皆虛空的老和尚眼裏，時間是治癒一切傷口的良藥，十年的歲月足以沖刷和消弭愛恨情仇。可是，在古墓派的女子面前，時間卻是一種催化劑，可以讓情更濃使意更切——君不見，先有林朝英的自閉自棄、終老古墓，後有小龍女長達十六春秋的深谷歲月！李莫愁也是同樣，她對陸展元的感情非但沒有隨著十年光陰的飛逝而淡漠變色，反而成了時時煎熬著她的心底的尖刺。於是，李莫愁活著就有了一個很單純很直接的目標：報仇。

所以，我們可以說，在中情花之毒前，李莫愁其實早已深中感情之毒，於是這個也曾是單純少女的女人最後的結果便只能是身中「情花」之毒，然後葬身於「絕情」谷的烈焰之中。追究起來，其實在李莫愁得知那個叫她念煞也恨煞的男人已死之時，她的心也已經跟著死了。我們有理由堅信，如果眞的有九泉、眞的有來生的話，李莫愁必然還會和陸展元繼續糾纏下去，永不停息。

在《神鵰俠侶》裏，作者讓小配角、大男人陸展元遇上的其實是一個在人類世界裏相當具有普遍性的命題，即假如你在愛上了一個人之後發現自己更愛的其實是另一個人，那麼這時你該怎麼辦？你對前面的姑娘有責任，可問題是如果你選擇了責任，你就會爲痛失愛情而痛苦一生；你對後面的姑娘有情有愛，可問題是如果你選擇了愛情，你又會爲自己的不負責任而內疚自責一輩子，甚至如故事中的陸展元一樣遭到舊戀人瘋狂的追殺報復。

在中國人的傳統觀念裏，選擇愛情的後者恐怕就要被戴上薄倖的帽子，他們有一個通常的稱呼叫「陳世美」；同時，我們也不可否認，金庸先生在寫作中，也在敍述故事的間隙自覺或不自覺地流露出對陸展元負心的淡淡譴責。

在更深入地談李莫愁與陸展元之間的愛情糾葛，以及這段愛情糾葛對李莫愁一生所造成的影響之前，我覺得我們不妨先來比較一下李莫愁與何沅君這兩位在這場愛情爭奪戰中境遇完全不同的女性。

1. 李莫愁與何沅君

在《神鵰俠侶》中，李莫愁只能算是小龍女的配角，而與李莫愁發生情感糾葛的陸展元與何沅君則更是配角的配角。但就全書而言，李莫愁的存在對於全書故事情節的發展具有不可替代的重要作用，所以李莫愁不但不是一個可有可無的人物，相反地她存在的必要性決不亞於黃蓉、郭靖以及金輪法王。也正因爲如此，對李莫愁的性格發展起了決定性作用的陸展元和何沅君二人也有著不可刪減的重要地位及作用。

就全書來看，何沅君這個甫自故事展開就已經不存在於人世了的陸門少夫人並沒有占據太大的篇幅，甚至從頭至尾對她一直都沒有做正面的描寫，但她的溫柔可人卻還是給人留下了深刻的印象。況且，普天之下的溫柔女性雖然各有各的個性，但就總體而言還是有一定共性的，而程英就是《神鵰俠侶》中所描述的一個溫柔的典型，所以在天性溫柔的程英身上我們可以尋找到一些當年何沅君的影子；而十年之後，李莫愁的處世方式雖然因爲情感的折磨，以及內心的怨毒至深而有所變異，但正所謂江山易改本性難移，有一些屬於少女李莫愁的東西在她的乖張行爲中仍舊掩不住地透露出來。另外，《神鵰俠侶》女主人翁小龍女的身上也折射著些許當年少女李莫愁的風姿。再加上綜合武三通、武三娘及丘處機等人的意見作爲補充，在我們面前應該已經出現一個血肉相當豐滿的少女李莫愁的形象。

而接下來我們要做的就是，比較一下這兩位先後捲入到對同一個男子的愛戀旋渦之中而不能自拔的不同女子，思考爲什麼這兩位女子竟然會有完全不同的愛情經歷，而發生在她們身上的這一切僅僅只是偶然的嗎？……

在確定這個問題的答案之前，讓我們先來看看李莫愁與何沅君這兩個在這場戀愛中分別扮演勝利者與失敗者的女人。

◇容貌

俗話說看人第一眼看頭面，我們首先比較一下李莫愁與何沅君的外貌。

李莫愁的美是公認的，即使在她成了殺人如草芥的赤練魔頭之後，江湖上仍然有不少漢子因見她美貌而動情起心。武三娘，這個沒有從婚姻中獲得幸福的女人站在同是女人的立場，是這樣評述李莫愁的：「那魔頭赤練仙子李莫愁現下武林中人聞名喪膽，可是十多年前卻是個美貌溫柔的好女子。」而丘處機在終南山向郭靖介紹起李莫愁設計導演的小龍女「比武招親」的鬧劇時，雖然對李莫愁的為人處世頗為貶斥，可提及李莫愁的外貌時仍然說道：「這赤練仙子據說甚是美貌，姿色莫說武林少見，就是大家閨秀，只怕也是少有人及。」「江湖上妖邪人物之中，對李莫愁著迷的人著實不少。」

李莫愁不但先天的姿色動人，而且我們也可以從金庸先生的描述中推測出即使在情場失意之後，李莫愁仍然相當重視自己的衣著打扮，所以李莫愁穿的道袍不是一般意義的灰色道袍，而是「杏黃」這種相當豔麗張揚的顏色，胯下的驢子是花驢，還繫著別緻的銀鈴。而她的徒弟則以杏黃色的道袍配血紅的劍絲，以兩種極度張揚也是極度豔麗的顏色構成了赤練一門的基本色。由此我們可以聯想到在情變以前，李莫愁必然也是一個相當注重自己衣著打扮的人，她的美貌與得體的衣著相映生輝。

其次，李莫愁本人也對自己的容貌相當自負。在陸家莊第一次遇見郭靖與黃蓉的女兒郭芙時，雖然其時郭芙年齡尙幼，形容未足，而李莫愁自己也正在專注於報仇，可當她見到這女孩兒膚似玉雪，眉目如畫，饒是當時正與武三通惡鬥，心中仍不由得一動，分神想到：「聽說郭夫人是當時英俠中的美人，不知比我如何？」愛惜容貌之情躍然紙上，金庸先生也可謂刻畫得入木三分。

而相形之下李莫愁的情敵何沅君雖然也是個美麗的女子，可即使在有戀女情結的武三通眼裏，當心神恍惚中那塊刻有「陸門何夫人」之字體的石碑化成了何沅君的形象時，也只不過是一個「拈花微笑，明眸流盼的少女」。

故而，縱觀《神鵰俠侶》一書，我們可以得出這樣的結論：小龍女的美乃是神仙一樣的脫俗飄逸之美，爲凡人仿冒不得的，是爲第一等；而黃蓉之美應爲人間之絕色，是爲第二等，她的女兒郭芙雖然是大草包一個，可因了一副傳承自母親的大好皮囊也可列為此等。然後，膚色極白，嬌嫩異常，眼神清澈，但嘴角有粒小黑痣的公孫綠萼，與有一張瓜子臉，但膚色微黑的陸無雙以及程英等就屬於第三等了。由此我們可以得出，若單論美貌而言，何沅君是及不上李莫愁的。再加上李莫愁得自古墓的輕功更是使得她在行動中娉娉婷婷，可謂步步能生蓮，顧盼亦生姿，這就更不是何沅君所能比的了。

◇才幹

江湖兒女不比等閒之輩，要在江湖上立足必須有一定的才幹，所以我們第二項要比較李莫愁與何沅君兩人的才幹。

當李莫愁初出江湖時，古墓不過是重陽宮外密林裏的一處大墓，裏面的女人們過著與世隔絕的生活，除了全眞教之外江湖上幾乎沒有一個人知道古墓派及其武功的存在，即使是久歷江湖如郭靖，也一直要到送「頑劣」的楊過去全眞教拜師學藝時，才從丘處機的口中聽得古墓派的創始人林朝英與全眞教的祖師爺王重陽的一段感情糾葛，才知道在芸芸武林眾生之外還有一個那麼了得的末名門派。

而這一切除了當年的王重陽認得林朝英之外，武林中人都是從李莫愁的一系列膽大妄爲、殺人不眨眼的行徑中得知這個沒沒無名了幾十年的墓中門派的。雖然李莫愁在偏激思想的主使下，所做出的很多血腥行徑不但不值得同情，反而因其濃濃的血腥味而招人憤恨，但在古墓派成爲武林中響噹噹一派的過程中，李莫愁確實是起了不可忽視的作用，這一點我們不能否認。

而反觀何沅君，她的武功得自武三通，武三通是一燈大師的弟子，一燈大師就是以前的段皇爺，也是天下四大頂尖高手之一「南帝」。南帝一脈的武功本來是相當厲害的，可也許正是武林中經常說的那個資質問題，出自名門的武三通功夫反而不及李莫愁，更不用說是隔了一輩的何沅君了。而縱觀一部《神鵰俠侶》，全文幾乎一個字都沒有提到何沅君擅長什麼武功，而只提到她以陸門塚婦、莊主夫人的身分自殺殉夫後，與丈夫陸展元合葬嘉興的結局。作者爲什麼要這樣安排呢？何沅君在《神鵰俠侶》裏是配角之配角，這固然是原因之一，不過，我們也不能忽視了另一條理由，那就是對何沅君所生活著的武林社會而言，她的存在並不具備什麼特別的意義，對江湖人氏而言，她只是「陸夫人」，而不是「何沅君」。

而李莫愁就完全不同了。李莫愁的成就不僅在於她以自己的實力使得古墓派在江湖上揚名，從而一改古墓派以往在江湖上籍籍無名的地位。而且在師父傳授她的武功之外，李莫愁還以她的聰明才智另創了「五毒神掌」、「三無三不手」之類的新武學。在《神鵰俠侶》的世界乃至於整個武俠界中，只有極少數人才能達到自創招式的武學新高，由此，李莫愁的武學才幹可見一斑。

同時，假如我們比較一下李莫愁和何沅君的家世背景，也同樣可以看到李莫愁非凡的才幹。何沅君雖然正如武三娘所說的那樣自小孤苦，可自小就被武三通夫婦收養，與李莫愁的際遇比較起來，也算是在一個頗具人情味的正常家庭中長大。雖然何沅君與陸展元的親事並沒有得到對其有了私心的義父武三通的祝福，還惹上了李莫愁這個紅粉煞星，可陸家畢竟是江南地方的大姓，不但與太湖陸家莊齊名，而且家境殷實，頗得當地人的尊重。

反觀李莫愁，我們可以想像在女子無才便是德的南宋，一個沒有靠山的小女子想要在龍蛇混雜的江湖上謀求生存是一件多麼艱難的事。何況，在那個一味強調女子的貞潔與自持，而忽略了對男人在這方面的道德操守之要求的社會裏，李莫愁大鬧了陸展元與何沅君的婚禮之後，其實已身敗名裂，天地雖大，卻無她的容身之地。即使後來李莫愁沒有在極度的傷心與混亂迷茫中殺了何老拳師一家二十餘口，即使李莫愁仍然是一個清清白白的好女子，可板著一副道學家嘴臉的江湖正道、名門正派們，已經容不下這個情場失意的可憐女子了。

對於不想再被迫回到古墓去幽居，也不願以自盡結束這一切的李莫愁來說，她後來所走的路其實已經是她唯一能有的選擇，或者說她除了作人人痛恨的魔頭之外，別無選擇！她的才能也便在這十幾年的江湖生活中盡情展現——沒有靠山、也不屑於有靠山的李莫愁經營了一個莊子，她把它叫作「赤霞莊」——一個如火如荼的名字，一如李莫愁本人。在那裏，她收徒課徒，還養大了仇人之後陸無雙。赤霞莊成了令人聞風喪膽的地方，李莫愁本人也成爲了江湖上有名的女煞星。而從李莫愁的衣著打扮與她仍然有潔癖這一點上，我們還可以看出李莫愁這十年中的生活即使比不上陸家莊的殷實，也是相當能自給自足了。當然，這一切無不顯示出李莫愁在武學以及經營上的才幹。從某種程度上講，李莫愁的能力和太湖陸家莊的首任莊主陸乘風差可比擬，因爲他們都是白手起家的。而陸展元則似乎並非嘉興陸家莊的創始之人，他有幸承托祖上的福蔭，取得些成就並不足奇。況且他也似乎只是守成而已，陸家莊在他手裏沒有能夠得到發揚光大。從這一點論，李莫愁的才幹應該在陸展元之上。

總之，何沅君不僅容貌比不上李莫愁，在才幹方面也不但不能和李莫愁相提並論，而且還和李莫愁差得遠了。

◇癡情及其他

毫無疑問，李莫愁與何沅君同樣是癡情的女子。雖然李莫愁以復仇作爲自己生活的動力，但十年中，在內心的深處，李莫愁仍不自覺地盼望著她的陸郎迷途知返，能夠與自己破鏡重圓。雖然正如西諺所說的，「情人眼裏容不下沙子」，即使陸展元眞正迷途知返了，李莫愁也未必就會原諒他，接納他。但是，有一點卻是必然的，那就是無論李莫愁當初是在江南的杏花春雨裏邂逅陸展元，還是在中原的秋高氣爽中遇見這個命定的冤家，或是在駿馬西風的塞北與陸家俏郎君相逢相識，這段情都會糾纏她一輩子。只有在她離開這個世界的時候，這分情才會消才會滅。

而以李莫愁的個性，她絕不會逃避生活的挑戰。在她不能忘情於陸展元的同時，她不會像何沅君那樣以自刎殉夫來表示自己的堅貞。只要條件許可，李莫愁都會選擇活下去，當然這並不意味著她就不如何沅君那樣在乎這段感情。

寫到這裏時，忽然想到了這麼一句老話：活著，有時會比死更艱難。確實呀，活著要承受太多的東西，過於柔弱的肩膀是挑不起這樣沈甸甸的擔子的。

綜上，我們從李莫愁的身上發現了她的不少亮點，其中有些亮點即使放眼武俠世界都是很值得推崇的。可爲什麼，李莫愁這個有著許多亮點的「好女子」，最後卻不能兒孫滿堂地老死於床簀，抑或在人們的尊敬或惋惜中體面地揮別人間呢？在書中，李莫愁是一個臭名昭著的壞人，而壞人自然必須不得好死——在書中，作者替她設計的最後下場是身中情花劇毒，橫死於絕情谷的烈焰之中。

雖然何沅君這個與李莫愁爭奪陸展元的愛情，並且取得了最後勝利的幸運女人在《神鵰俠侶》的一開篇就已經死了，之後在小說裏金庸先生也沒有花什麼筆墨去描述何沅君的生活，無論是她的少女時代還是少婦時代，我們對她都知之甚少。何沅君給人的印象除了溫柔，還是溫柔。而她就是以品性溫柔這唯一卻十分有用的武器輕而易舉地戰勝了品貌才幹遠遠強於她的李莫愁，坐穩了陸家莊莊主夫人的位置。同時，順便也需要提一下，隨著故事情節的發展，我們還可以從程英這個陸立鼎襟兄的女兒身上看到「溫柔」這種武器超凡的殺傷力。

程英幼年時即喪父母，童年時又因遭遇李莫愁的尋仇而痛失一向疼愛自己的唯一親人——姨父姨母陸立鼎夫婦。當時程英因中了李莫愁的冰魄銀針，被以乖僻出名的黃藥師救走，後來就一直跟在黃藥師的身邊。從《射鵰英雄傳》與《神鵰俠侶》中對「東邪」黃藥師的一些描述中我們可以看到，這位武林異人有著正如他的名號一樣的邪性，應該說黃藥師絕對是一個不好相處的武林異士。可就是這樣一個難以相處的人，小小年紀的程英居然讓黃藥師覺得自己離不開她了，他後來竟然一反常態，把資質平平的程英收作關門弟子，這不能不歸功於程英的溫柔，不是嗎？——

才剛從郭靖與黃蓉之愛情的波波折折裏走出的我們，一定十分清楚地記得黃藥師因爲嫌棄郭靖的資質不好，憨得近乎愚蠢，所以寧可把女兒嫁給「花心大蘿蔔」歐陽克，也不願把女兒嫁給郭靖，爲此甚至不惜犧牲愛女的幸福。可在程英那裏，黃藥師居然不再介意他以前最重視的資質，破例收了天資平平的程英作徒弟，原因無他，只因爲程英無所不至的細心體貼是黃藥師從來不曾在他那個刁鑽精靈的女兒身上感受過的。

非但年事漸高、日益變得更需要子女徒弟關心的黃藥師喜歡程英的溫柔，即令是早已心有所屬的楊過，當助黃蓉母女等人退敵之後，在半昏迷之際看到程英的眼神和一向疼愛自己的小龍女一樣溫柔憐惜，當下就衝口懇求她不要拋下自己。其後，雖然楊過已經與自己的師父小龍女情根深種不能自拔，可在茅屋療傷之時，當程英推開板門，走了進來，手裏托著一件青布長袍，微微一笑，說道：「你試穿著，瞧瞧合不合身。」楊過心中便好生感激，甚至在接過長袍時雙手微微發抖。他與程英目光相接，只見她眼中脈脈含情，溫柔無限，於是走到床邊將新袍換上，但覺袍身腰袖，無不合體，一時間這個一向口齒伶俐慣於與陸無雙等少女調笑的年輕人居然結結巴巴地蹦出一句：「我……我……眞是多謝你。」然後，細看那新袍，但見針腳綿密，不由得怦然心動，雖然又念及：「她對我如此，媳婦兒又是待我這般，可是我心早有所屬，義無旁顧」，頓生「若不早走，徒增各人煩惱」之意。可饒是這樣，不久之後程英說：「人各有志，自是勉強不來的，你說他瘋瘋癲癲，說不定他卻說咱們是無情之輩呢。再說我自己又何嘗不有點傻裏傻氣、瘋瘋癲癲呢？」這樣淡淡然一席話，居然使得楊過再一次怦然心動，只恨自己猜不透她此言是否意帶雙關。

此時，即使在大勝關英雄大宴之上也能傲然面對群豪的楊過，居然忸忸怩怩地在程英面前注意起自己的言行舉止來，不但不再如面對陸無雙似的瘋言瘋語，而且也不敢再行如對完顏萍似的親眼睛之舉，更有甚者，當念及自己可能又會攪亂一池春水，打算來個不告而別時，一向瀟脫的他竟意外地擔心起自己句無文采，字跡拙劣，怕給程英笑話，而大大的不瀟脫起來。

雖然程英的武功沒有小龍女好，人也遠不及小龍女美貌，楊過也可算是頗具定力，能夠身居花叢而心無旁騖，始終對小龍女一心一意，但他在程英面前卻仍不免有意亂情迷之時。推楊及陸，當年感情遠遠沒有像楊過與小龍女那樣糾纏得深的陸展元又怎麼能夠抵禦何沅君溫柔的巨大魅力呢？

反觀李莫愁，窮其一生唯一爲陸展元做的便是繡了一方錦帕，當然這方錦帕工藝精湛，令得十年之後，在嘉興南湖陸家莊的血雨腥風裏我們仍能體會到錦帕的精緻與蘊含其間的濃情蜜意。而從李莫愁的衣食習慣中，我們也可以推測出她有頗爲上乘的刺繡與配色本領，甚至我們還可以自行推斷，也許李莫愁的製衣手藝也相當不錯，不錯到足以爲她的戀人縫製一款相當精緻的長袍。可是，李莫愁必須做的事情實在太多了，爲戀人縫一襲合身的溫暖牌長衣實在是一件會耗費她太多的時間與精力的浩大工程。她才剛眞正介入這個世界不久，她的眼睛是要用來看這個大千世界的，讓她窮幾日光陰製一件衣裳，實在是太難爲她了。而在李莫愁的思想裏，她和陸展元還有一輩子的時間可以長相廝守，等她的眼看倦了這個世界，他們再一起商量柴米油鹽的問題也不遲啊。更何況她堅信她的陸郎自然不會在意這些的，他自然會耐心地等待的。可是，李莫愁萬萬沒有想到，陸展元居然不願意等待！

也許假以時日，歲月的磨礪會使李莫愁意識到：一個出色的男人身邊永遠會有不少女人在磨刀霍霍，一個女人想要一場能夠延伸到婚姻的戀愛，她必須付出的實在要比男人多得多。也許若干時日之後，李莫愁能夠接受這個世界的男女法則，認同這世俗所公認的男女角色。可是懂得這一切的何沅君過早地介入了她的生活，於是等待沒有來得及改變自己或者說不屑於改變自己的李莫愁的，就惟有慘遭情變了。

只是與當年心灰意冷的林朝英不同，李莫愁還沒有看夠這個她一心只求融入的花花世界，所以她沒有像祖師婆婆林朝英那樣急流勇退，避世隱居，李莫愁選擇的是塵世，是一種報復式的生活——不僅是對陸展元的報復，同時更是對自己的報復。於是林朝英帶著她的丫環走進了位於終南山的古墓做個隱居的超人，以求在精神上與自己的戀人同在；而李莫愁則選擇了在鬧市中隱居，她把自己變成了一個只穿杏黃色道袍的美麗道姑，一柄復仇的雙刃利劍，既傷人又傷己。

事實上李莫愁也只能如此選擇她的人生！因爲她已經爲這段愛情失去得太多太多，她不允許自己連報仇雪恨這一點點快樂也放棄了。即使對那時二十歲的李莫愁來說，十年的等待等於是她過往全部生命的一半。

作爲女子的李莫愁，作爲渴望愛情的女子李莫愁，她不會說甜言蜜語是肯定的了。一語不和，雖然不至於會像二十歲以後那樣動輒殺人，但發些脾氣鬧些彆扭，也是可想而知的。而以李莫愁倔強的性子，恐怕道歉賠禮的話是斷然不肯先說出口的。可對陸展元而言，一次兩次低聲下氣溫言軟語地哄哄未婚妻也許還有戀人間的甜蜜感覺，可時間長了次數多了自然就變了味道，畢竟生活不是小說只要情節和文字精彩就行了。而這時身邊忽然出現了何沅君這麼一個可人兒，她以溫溫存存的口氣以及溫柔的言辭談吐，使得陸展元忽然覺得自己在塵世中變得格外重要起來。相比之下，與李莫愁在一起的日子雖然因爲有了切磋武功等冒險經歷而變得精彩無比，可是過日子不能一天到晚切磋武功體驗冒險，就像不能每一天每一頓都拿最能刺激味蕾的辣椒佐餐一樣。所以，更適於過日子的何沅君在陸展元眼裏比李莫愁更被看好是再自然不過的事了。寫到這裏，我不由得想起了金庸先生在他的另一部作品《俠客行》中所敷演的另一個類似的故事——才貌雙全的悲情女子梅芳姑之所以落得和李莫愁相仿的悲劇結局，其主要原因不也就是因爲她所愛的男子石清看重的是閔柔的溫柔而不是梅芳姑的才貌，石清棄美慧絕倫的梅芳姑而選擇才貌皆遜於梅姑娘的閔柔，不也就像陸展元將李莫愁拋諸腦後，而與並不如李莫愁出色的何沅君結爲連理完全一樣嗎？

溫柔是一張網，最擅長網羅世上男人的心；溫柔其實也是一種武器，尤其適合用來打敗李莫愁這樣的不懂得溫柔也是利器的聰明的笨女人。陸展元乃一介凡夫耳，又豈能例外？

2. 李莫愁與陸展元

陸展元與李莫愁的愛情是一個悲劇，而他們的第一次相遇則是這場悲劇的開始，無論那段感情開始於一個春日的下午亦或是秋日的黃昏……，總之這兩個人的命運就在這相遇的一瞬改變了。

在遇見陸展元之前，李莫愁只是一個在年齡上成熟，但是在生活經歷上和心理上遠遠沒有成熟的少女。作爲陸家莊的繼承人，陸展元不但風度翩翩，而且生活經歷豐富，足以對李莫愁這樣的單純少女形成巨大的吸引力。陸展元無論外表還是談吐、本領都深深博得了李莫愁的好感，他以殷勤而不失禮儀的指導與照顧，在李莫愁空白了許多年的心房裏留下了終生不滅的痕跡。古墓派傳人的潔身自好，使得李莫愁對其他過於靠近甚至於心存不軌的男人都特別討厭，而文武雙全的陸展元則以其恰如其分的距離感與自身的魅力，終於贏得了李莫愁的芳心。

對陸展元來說，是李莫愁那種脫俗得讓人不敢褻玩的飄飄然的出塵之姿，使得他急切地想要捷足先登，讓自己擁有這分與眾不同——相信初出道的李莫愁因爲多年幽居古墓，接受的是和小龍女完全一樣的教育，所以也和小龍女一樣具有清新脫俗的氣質，只不過她在入墓前有十年的塵世經歷，不能脫俗得像小龍女那樣一眼望去便似神仙中人。試想，面對李莫愁這樣與眾不同的少女，陸展元怎會無動於衷？經歷了一番周折之後，陸展元終於如願讓這個特殊的女孩愛上了他，可也就是在這時，陸展元發現自己的愛情錯了位。

作爲一個江南莊園的主人，陸展元深諳經營之道，他有他個人的生活定位，他遵從他們那個階層的傳統，所以陸展元一直清楚地知道自己要娶的妻子該是一個宜室宜家的女子，也就是傳統的能夠男主外、女主內的那種，可是——

當初吸引陸展元的是李莫愁的脫塵之姿，那是長期幽居古墓的結果，用現代心理學的眼光來看，就是非社會化的結果。可是，陸展元是一個完全社會化的人，非社會化的李莫愁於是注定要在陸家莊觸礁，遭遇滅頂之災。因爲在若干年的幽居生活之後，現實的生活舞臺已經不再適合古墓派的女傳人們登場，歡迎古墓派女人們的只有她們的古墓。所以楊過與小龍女相愛的最高理想也只可能是回到古墓重新去過與世隔絕的生活。可陸展元不是楊過，他無法拋下在江湖、在嘉興陸家莊的一切，於是他與李莫愁那一度邂逅最終只能成爲一場顛覆了李莫愁整個心性與生活的噩夢。

如果陸展元是一個有情有義的好男兒，那麼在他娶了何沅君以後的這段漫長的歲月裏，他必會爲李莫愁的墮落而自責，李莫愁在江湖上每殺一個人都將加深他內心的罪惡感；如果陸展元只是一個以玩弄女性爲樂事的登徒子，那麼在與何沅君拜堂以後，他每時每刻都將活在恐懼的煎熬之中，擔心著李莫愁會忽然不顧十年之約來尋他報仇。於是，李莫愁的每一次殺戮，她的每一次武功精進都將是陸展元的噩夢。

李莫愁這樣的女子，她愛得濃愛得烈，同時也恨得濃恨得烈，這個宛若烈火的女孩，若說陸展元眞能忘情於她，忘得一點不剩，那是玩笑。於是我們可以想像那方一直被珍藏著的錦帕代表著對一分情感的珍重和難以忘懷。

所以，我們可以說，在李莫愁、陸展元與何沅君的這場三角戀愛裏，其實並沒有勝利者。也許就因爲是這樣，陸展元與何沅君才連十年的平安福分都沒有享全。

3.李莫愁與公孫止

李莫愁與公孫止之間的糾葛發生在那個叫絕情谷的神秘地方。那裏生長著一種叫情花的古怪植物。這種植物的枝葉上生滿小刺，花瓣的顏色卻是嬌豔無比，似芙蓉而更香，如茶花而增豔，花瓣入口香甜，甘馨如蜜，更微微有醺醺然的酒氣，正當人覺著心神俱暢，卻又忽而生出苦澀的味道。而花樹上的小刺，更是任人如何小心翼翼都避不了它的傷害，正如戀愛中的男男女女，無論如何小心總避免不了被對方的稜角所傷。而更厲害的是一旦被這種叫作情花的植物刺傷，十二個時辰裏不得動相思之念，因爲情花的刺上有毒，大凡人一動情欲之念，不但血行加速，而且血中更生出一些不知甚麼物事來，能立時使人痛不可當。

絕情谷主公孫止對情花的解釋是：情之爲物本是如此，入口甘甜，回味苦澀，而且遍身是刺，你就算小心萬分，也不免爲其所傷。多半因爲這花兒有這幾般特色，人們才給它取上這個名兒。

其實，無論李莫愁還是公孫止，他們本身不就是一朵情花嗎？

發生在公孫止與李莫愁之間的其實並不能說是愛情：對於李莫愁來說，這充其量不過是一種求生的本能；而在公孫止而言，不過是男性荷爾蒙分泌得過於旺盛的結果。

李莫愁一生雖然行事狠毒，但也是因情生變，所以在她心中十分鄙薄好色寡情之人，而在前往絕情谷的路上，李莫愁已親眼目睹了公孫止不顧身分下手強搶完顏萍與郭芙等少女的下流行徑，而他對自己和黃蓉的美貌也是一副垂涎輕薄之態。這與公孫止的第一次見面，已使得李莫愁打心底裏鄙薄公孫止的爲人，其後在絕情谷裏她與公孫止沆瀣一氣，也只是迫於形勢，不得不藉助公孫止求得生存而已。

不要說李莫愁心中仍然記著陸展元，即使已經忘了，打動她芳心的也該是楊過那樣的癡情人，而不是讓她從心底裏鄙薄的公孫止。所以當李莫愁身中情花之毒時，李莫愁企圖拉攏的也是與她有同門之誼的小龍女與楊過，在拉攏失敗之後，浮現在她眼前的也是那個叫她恨了十幾年也愛了十幾年的陸郎展元和情敵何沅君，而這個為她犧牲了親生女兒的公孫止在李莫愁的腦海裏連一絲一毫的地位也不曾占據。

而公孫止自愛婢柔兒死後，又「害死」了髮妻，十幾年來清心寡欲，日子倒也過得不錯。錯不該救了小龍女回來，立時把一團熄滅了十數年之久的情欲之火燃得過分熾烈，又何況，女心似絲蘿，那「柳妹」小龍女的一顆心死活不願往他這棵樹上繫，一時間十幾年來一直苦苦壓抑的情欲和惡念全在短短的時日裏暴露了出來。於是那個將弟子教得如道學先生的謙謙長者不見了，起而代之的是一個徒具斯文外表的淫魔。

公孫止是一個愛自己勝於一切的人，當初他能為了自己的性命而毫不猶豫地殺了自己深愛的婢女柔兒，許多年後，當李莫愁被人追殺之際，他避開的行為也就不是偶然之舉了。即使奪到了解藥，根據公孫止以前欺騙小龍女的行徑，他必然也不會很輕易地把藥交給李莫愁；而李莫愁，即使公孫止眞的把絕情丹乖乖地給了她，她必也不願被這個傢伙玷污了吧。

所以李莫愁與公孫止之間發生的只是一場你騙騙我我騙騙你的遊戲，他們都不會把這場遊戲當眞。嚴格說來，李莫愁與公孫止之間只有事情的發生，而沒有情感的交流。

取次花叢懶回顧

1. 古墓派的女人

在我們遍歷了發生在武俠世界的許多悲歡離合之後，我們會發現在愛情之路上走得最艱苦的要數古墓派的一干女人們。從古墓派的創始人林朝英一直到古墓派的第三代傳人李莫愁與小龍女，古墓派的女人們要嘛像林朝英的丫環一樣終生不近情路，要嘛就是像林朝英、李莫愁一樣終生爲情所困、爲情所苦，即使最終金庸先生的一枝妙筆將楊過送給了小龍女，可這十六年的相思煎熬又豈是常人所能經受的？

李莫愁的武功得自於她的師父，可她在情感上的執著卻傳自於林朝英。古墓派的女人一生都只愛一個男人——林朝英執著於王重陽，情場失意之後便於妙齡之際隱居古墓；李莫愁執著於陸展元，雖人在江湖，可心已失落了很久，不得不以道袍與拂塵來自絕於塵世；小龍女心繫楊過，不畏懼世俗的眼光，後來更在絕情谷底爲這分師徒戀情而苦苦等待了漫長的十六年。

作爲一個自十歲起就被師父帶入古墓，直到十七八歲才回到終南山外那個世俗人間的女子，李莫愁的一生受著古墓派的巨大影響，尤其是她師祖林朝英的一生極大地影響了李莫愁的思維與感情世界。要分析李莫愁的情感世界，我們就不能不先了解古墓派，不能不先了解林朝英的感情世界。

◇林朝英

在《神鵰俠侶》裏，透過丘處機的敍述與小龍女對祖師婆婆林朝英的追憶，我們大致可以推斷發生在林朝英與王重陽之間的是這樣一個愛情故事：

一代奇女子林朝英不但武功高強而且文采斐然，在江湖上少有敵手。可是她卻愛上了一個名叫王喆的義軍首領。其時王喆一心執著於驅除金人還我河山的壯舉，無暇旁顧兒女私情。而一向心高氣傲的林朝英也不願主動開口表示這番情意，何況，在當時也只有男人托媒說親，沒有女人主動爲自己作伐的。在不願與無法的雙重煎熬之下，這位叫林朝英的奇女子想出了一個達成心願的辦法。她故意不斷地與王喆接觸並製造矛盾，一心想加深這位王大俠對自己的印象。誰想這位王大俠並非傻小子郭靖，又豈讀不懂她的心意？只不過他一直藉口「匈奴未滅，何以家爲？」對她的情意裝傻賣呆罷了。

林朝英好容易守得義軍失敗，王喆深居終南山的古墓，又花了好一番功夫激得他出了古墓，且終於盼到了化敵爲友。誰知他仍然漠視自己的一番深情美意，弄得林朝英這位一代奇女子，終於忍不住下了最後通牒：以比武來決定他們的命運。她自知武功不如對方，就以失敗後自刎的方法逼住了王喆，然後又以一塊化石丹巧勝了對方。只是女人家的天性使得敢於大膽追求自己幸福的林朝英仍舊說不出「我勝了你娶我」這句話，所以棋錯一子而滿盤皆輸，機關算盡只爭來了王喆出家修道，在終南山上蓋了一座道觀陪了她十年。在以後的日子裏她林朝英依然是鴛鴦瓦冷衾枕寒，夜夜夢回淚闌珊。她以一生的幸福換了一座古墓，而人世間則多了一個道士，他俗家姓王，道號重陽。

在古墓的日子裏，林朝英朝夕只與丫環爲伴，苦守中倒也創出了《玉女心經》上的武功。這種能夠克制王重陽所創全眞教武學的功夫，倒也算是對自己的一點安慰，只是武學上的成就掩蓋不了情感的創傷，林朝英的內心一直鬱鬱寡歡。

林朝英與王重陽之間的情事，是古墓派第一樁失敗的感情，從丘處機的敍述中我們可以看到林朝英本就是一個心高氣傲，有著不該在那個時代的女子身上出現的才能與智慧，還有脾氣。一場失敗的感情，甚至在林朝英與王重陽之間還不能說是達到了情感上的雙向交流，因爲他們的愛情只在你知我知中彼此兜著圈子，始終沒能挑明。而當王重陽連這種迂迴的圈子都不願意再兜下去時，林朝英完全失望了。在林朝英的心中一直有一個錯誤的邏輯：因爲王重陽是一個當世的大英雄，所以她認爲他會是世間最重情的男人。在林朝英的思想裏，如果連王重陽這樣的大英雄都負情了，那麼天下的男人還會有誰可以指望呢？她的錯誤認識使得以後拜入古墓派的女弟子們都得發誓：除非遇上一個眞心愛自己的男人，並且要當這個男人看重你的生命更甚於他自己的生命時，你才能下山。

而林朝英唯一的傳人，也即是她的丫環，因爲看到林朝英這場投入了太多，卻完全沒有產出的痛苦感情歷程，從此絕跡於情路，最後終老古墓。

幾十年後，林朝英的二個徒孫李莫愁和小龍女不但繼承了她的武學，同時也隔代繼承了她在愛情上的專一。

◇林朝英和李莫愁

比較起來，李莫愁要比林朝英幸運，因爲她畢竟與陸展元有過你儂我儂的甜蜜時光；不過，李莫愁也比林朝英不幸，因爲她的戀人最後選擇了背叛作爲單方面的結束。雖然林朝英沒有能夠和王重陽攜手共步人生路，可王重陽畢竟是作了道士，以終生的不娶來回報她的情意，何況還有那張起沈痾、療絕症的寒玉床。雖然床是冷的，可念及那雙在冰封的極北苦寒之地為她挖起這張床的手，在午夜夢回之際，林朝英的心畢竟還可以感到一絲暖意。而李莫愁在夜冷更深之際，回憶中恐怕更多的是忿恨吧。

在林朝英身上存在著一部分非社會化的因子，所以她才能在古墓中終老，而建造了古墓的王重陽是社會化的人，所以他只會在古墓中蟄伏一段時間而非終身。而隨著林朝英在古墓中的日子越長，這種非社會化的因子的影響就越來越重，最後化入武學成了古墓派不可分割的一部分。

人是群居的動物，總是要生活在人群中的，可李莫愁有好多年卻是在古墓中度過的，在很長一段時間裏師父和孫婆婆構成了李莫愁生活的全部。古墓裏的生活很單純，不必費心與人交流，也不必學什麼處世規矩、外交手腕。就算後來多了個尚在襁褓之中的師妹小龍女，生活也沒有太大的變化。

久而久之，李莫愁在不知不覺中成了古墓中的人，成了一個非社會化的人，李莫愁的一切有別於古墓外面社會化的人群。而李莫愁的悲劇也就在於：她看不到自己非社會化的那面，看不到一個非社會化的人想要介入外面社會化的生活，這本身就意味著悲劇的必然發生。

和林朝英一樣，李莫愁渴望互補，所以人海茫茫，她挑中了陸展元。和王重陽一樣，陸展元是個社會化的人，作爲江南陸家莊的少莊主，他具有天生的領導才幹，是一個需要一呼百應的人。陸展元是個溫文儒雅的年輕人，學過文學過武，是人們通常所說的文武全才。這一點和王重陽驚人地相似，因爲王重陽也是先學文，而後棄文從武的。也許，這並不完全是巧合。

不同於林朝英對王重陽的苦戀，李莫愁與陸展元的愛情可以說是陸展元先主動的，李莫愁的付出在一開始就得到了回報，這不能不說是一個令人欣喜的好開端。先前林朝英付出了全部感情卻受到了感情傷害的事實，即使動搖不了李莫愁尋找感情歸依的決心，可在長期的耳濡目染之下，畢竟難免會令李莫愁在追求愛情的道路上謹愼觀望，步步爲營。而現在，李莫愁最初的感情投資馬上得到了報償，於是她開始變得不那麼謹愼了，不久之後，她就完完全全陷進去了，再也無法自拔。

李莫愁想要託付終身的良人陸展元是一個社會化的人，社會化的陸展元需要一個宜室宜家的傳統女子，這個妻子要能夠幫他打理莊內的大小瑣事，所以這個妻子也該是一個社會化的人。換而言之，他需要的是將軍在後方線上的內勤人員，就像黃蓉之於郭靖。李莫愁厭惡古墓裏非社會化的氣氛，可她卻忘了自己已經失去社會化的能力，至少在短期以內，李莫愁無力將自己變得像一個完全社會化的人。

當初，吸引陸展元的是李莫愁的特別，是她的脫俗、她的美貌，甚至是她與眾不同的倔強、她的我行我素、她的……，可現在，這當初曾吸引陸展元的一切，都成了他們不能在一起的理由，這一切其實與何沅君完全無關。

愛情的開始可以是因爲彼此吸引，可生活卻不是僅僅只有吸引就夠了；愛情的開始可以如神話般美麗傳奇，可愛情的延續卻是絕對不神話的日常生活。非社會化的特性可以是使人眼前一亮的理由，可是生活卻不僅僅只是眼前一亮而已，於是太多的後續問題接踵浮現。在這個世俗人間生活需要社會的土壤，可李莫愁充其量只是一株社會營養不足的植株。於是當李莫愁美麗的外衣因近距離而變得不再如初次見面時那樣炫目時，何沅君的溫柔體貼就顯得格外可貴。神話終究只是神話，可長不大的古墓女孩卻相信神話會一直延續下去，所以需要生活的陸展元選擇了能夠生活的何沅君。而李莫愁則如她那位抑鬱而終的師祖一樣，選擇了爲一段愛情將終身埋葬。

◇小龍女

在古墓派的傳人中，唯一經受住了上蒼諸般苛刻的考驗，得到了最終幸福的只有一位，這位集古墓派三代幸福於一生的幸運女人，她的名字叫小龍女。只是不能否認，小龍女在愛情上的成功依然改變不了古墓派的女人們不再適應這個社會的事實。

嚴格說來，小龍女與楊過的結合只是古墓派內部的一次結合，即使獨孤求敗透過鵰兄使得楊過得以脫胎換骨，可是楊過的內功根基依然是古墓派的，《玉女心經》的武功仍然伴隨著他的每一次呼吸在他的體內流動。而小龍女對其有情有愛有恩，也是抹殺不了的眞實。古墓裏的幾年相處，使得他們之間的愛情空前複雜，他們之間發生的東西已經不再是一個普通的「愛」字可以說得清楚的。

而楊過先前在江湖上的坎坷經歷，也使得他不同於叱咤江湖的義軍首領王喆或者是受人尊敬的少莊主陸展元。受人欺凌的少年時代、父親早死的原因等都是壓在楊過心頭的巨石，這一切養成了他日後偏激的性子。同時，楊過沒有親人沒有朋友，這一切都使得他與世俗人間的關係相對較弱，而楊過與小龍女時時處在峰尖浪谷的波折愛情，也使得忙於維護這段感情的楊過無暇顧及其他的因素。而緊接著的十六年相思之苦，更是使楊過深深體會到了失去的痛苦，所以當機會再次出現時，他不再顧及其他，而是毫不猶豫地緊緊抓住不再放鬆。

於是這一切造就了小龍女成為唯一一個最終獲得了幸福的古墓派女人，可與此同時，這種幸福的最終結局也只能是楊過隨著小龍女回歸他們的所來之處——終南山古墓。

這個功利的世界本就不是爲古墓派的女人們創造的，在這個世界裏已經沒有古墓派女人們的容身之處。就像傳說中終身只鳴叫一次的那種鳥一樣，古墓派的女人一生只純粹的、沒有任何附加條件地愛一次！僅僅一次！

2.古墓派武學

體悟了古墓派傳人的感情生活之後，我心中忽然浮上了這麼一個念頭：究竟是什麼原因使得古墓派的傳人自林朝英之後，在感情生活上都是波波折折的呢？除了她們在古墓裏非社會化的生活經歷之外，她們所學的古墓派武功對她們的性情與生活是否有影響呢？下面讓我們來看一下古墓派的武學。

古墓派的創始人是一代奇女子林朝英，她一生所學甚爲廣泛，至少從李莫愁與小龍女身上我們可以得知：

首先，林朝英精通使毒。因爲李莫愁的師父傳授給李莫愁冰魄銀針及其解法，又傳給小龍女玉蜂針，同時李莫愁自創的五毒神掌與《五毒秘笈》必然也離不開在古墓裏種下的用毒根基。

同樣，會使毒的林朝英也必通醫道。

其次，林朝英還通音律——我們可以從小龍女撫琴，李莫愁與陸展元笛笙合奏，以及在《玉女心經》最後一章中的「玉女素心劍法」的某些招名中推論得知。

其三，林朝英涉獵廣泛，所以她知道煉製化石丹的方法。

其四，林朝英在劍術、輕功等武學上有獨到之能，與其時武林最頂尖的高手相比絕不遜色。

古墓派的武功是林朝英在情場失意之後，幽居古墓的時候所創，是她用以克制自己內心如潮思緒的方法，講究的是以靜功克己節欲，追求的是心靜如水，摒棄七情六欲的困擾，做到無喜亦無悲。所以自小就被抱入古墓的小龍女被告之不許哭泣，並被諄諄告誡須得摒絕喜怒哀樂。

對於古墓派的傳人來說，大喜大悲是件可怕的事，尤其是哭泣，所以小龍女自五歲開始練功後就不再哭泣。後來在古墓裏，當身受重傷的小龍女想到斷龍石放下後就再也見不到楊過了，忍不住淚流滿面時，她全身的骨骼喀喀作響，似乎所有的功勁正在離她而去，然後便是數度嘔血，命在垂危。

其實人有七情六欲本是天生使然，人的情緒總要有適當的宣洩方式，對於平常人來說，歡喜與流淚本是抒解自身壓力最便捷的方式。由此我們可以知道古墓派的武功本來就是逆天而行的東西。就其武學來說，創始人林朝英本人就有著豐富多彩的生活經歷以及恩怨情仇，無論入居古墓之後的林朝英在主觀上如何努力想要忘記這一切，從而追求古墓派內功心法所要求的那種心如止水的境界，但其實客觀上這是絕對做不到的，要問理由嘛，單看《玉女心經》的最後一章「玉女素心劍法」就知道了。

修習古墓派的內功以克制情感的波動，其實就是在內心築就了情感的防洪堤，一旦越積越高的情感洪流衝垮了這座堤壩，結果就一發而不可收拾。所以古墓派的女人，除了沒有情事的丫環師父，所有的人都是一旦動情就不可自抑，非要愛到個一死方休不可。

即使是小龍女，雖然她自嬰兒之時即在古墓之中長大，向來心如止水，而師父與孫婆婆也從來不跟她說外界之事，但當重傷之際，身邊有一個願意爲她而死的年輕男子對她說著外界之事，小龍女仍是不由得心事如潮，但覺胸口熱血一陣陣上湧，趕緊運氣克制，卻總是不能平靜。原來以靜功壓抑七情六欲，原是逆天行事，並非情欲就此消除，只是嚴加克制而已，當因外界原因不免激動眞情時，就如堤防潰決，諸般念頭紛至沓來，難以自抑。

而古墓派武學的創始人林朝英女士本人就始終未能忘情，所以這古墓派的武功在先天上就存有致命的缺陷。或許，正是因爲這樣，李莫愁才會心魔難抑，每每喜歡殺人。

李莫愁的人生哲學

性情篇——獨立小橋風滿袖

在《神鵰俠侶》裏，李莫愁是一個殺人無數的典型的壞人形象，無論是陸無雙還是武氏父子都欲殺之而後快，好打抱不平、什麼事都要往裏摻合一腳的全眞七子更是將李莫愁視作必欲除之而後快的江湖敗類。

觀照李莫愁的一生，單就其行事來看，她的確是壞人，在她的身上我們可以找到壞人的一般特性，比如視人命爲草芥。李莫愁不但可以因爲心中不快而於談笑間殺人，也可以因十年前的舊怨而將陸家莊中無辜的下人殺死，更可以因爲一部《玉女心經》而與同門師妹反目成仇，一心要置小龍女於死地。就連李莫愁自己在絕情谷回憶自己的一生時也說過「我這一生殺人無數，若人人要我陪命，哪陪得過來」之類的話。

可同時我們也能看到，在李莫愁的狠毒殘忍之外，她還曾是個溫柔善良的好女子。雖然在《神鵰俠侶》的開篇，江南嘉興的南湖邊，那個衣著鮮明的美麗道姑就已經是一個殺人無數的女羅刹，可在李莫愁的心狠手辣之中，卻又掩藏著若干溫柔的亮點，使人們在對李莫愁的人性徹底失望之前，又喚起對她靈魂的些許期望。在李莫愁害人的同時，她自己也是一個受害者，而且就是這次傷害使得李莫愁的一生轉變了方向，我們甚至可以說李莫愁的一生其實是毀於陸展元之手。

雖然是同門，但李莫愁不同於清麗脫俗的小龍女。小龍女有著李莫愁所沒有的單純與天眞，無論是少女時代還是十六年之後，小龍女身上那種人淡如菊的氣質始終伴隨著她；而對於李莫愁，少女的溫柔只是她諸般性格中的一個方面，而十年之後，這些少女的溫柔情感早在歲月的流逝中漸漸褪色，甚至連李莫愁自己也幾乎失去了對它們的記憶。

江湖兇險呀，險灘行舟，一不留神就會船翻人亡，尤其是李莫愁這種在江湖上有名，但同時又是被各路人馬所指的壞人，無論是想報仇的、還是想出名當大俠的，都會首先來挑戰她，以期能一役成名。類似的情景我們在古龍先生的小說《白玉老虎》中各路人馬找唐門使劍高手唐傲挑戰的情節中，以及其他許多種武俠小說中都可得見，所以我們有理由相信，李莫愁也可能因爲她較高的江湖知名度以及狠辣的作風而被迫成爲未名大俠們的試劍石。

閱讀中，在我們爲人物的悲歡離合而歡笑哭泣的同時，我們也會不由自主地注意到，李莫愁這個壞人的形象不同於絕大多數武俠小說裏的平面人物，在李莫愁的一生中，伴隨著她生活經歷的變化，她的性格也會相應地發生變化。隨著小說情節的展開，李莫愁的性情特點就如同那被淹沒的冰山一般，慢慢地顯露出來，到人物生命的終結處才顯露出一個完整的、立體的李莫愁，於是我們完全可以說李莫愁的性格是動態的，也正因為如此，李莫愁成了金庸先生筆下最精彩最耐看的反派角色之一。

翻看李莫愁三十幾年的人生經歷，在發展中尋找她性格變遷的脈絡，我們會發現李莫愁的一生大致經過「家變」、「情變」、「師變」、「死變」這四個人生階段，每經歷一個巨變而進入到人生另一個階段時，我們都能對應地在李莫愁的性格中發現一些變化。也正是這每一次的變化共同構成了我們熟悉的那個李莫愁。因此我們可以說這四次變化對於李莫愁的性情發展具有極大的意義，所以在下面我們將以時間為經、以性情為緯，共同編織起李莫愁性情的這張大網，務求在把握住李莫愁性格脈絡的同時，基於人生的變化來尋找李莫愁性情的變化，盡可能地找到、找全，並把握住李莫愁性情的方方面面。

與所有的孩子一樣，李莫愁擁有屬於自己的童年，在童年裏她有著平凡但幸福的生活，有著永遠慈愛的父親，有著溫柔美麗的母親，也許在她小小的心眼裏還曾有過想要一個可愛的弟弟或者妹妹的念頭。可與其他女孩不同的是，小小的李莫愁在這時已經表現出她性格中的倔強與好勝的部分，而在以後的歲月中這兩種性格始終伴隨著她，並決定了李莫愁人生的驛路歷程。

如果不是那場奪取了她雙親的「家變」，李莫愁長大後或許會是個平凡的家庭主婦，就像那個時代幾乎的所有女性一樣，父母之命，媒妁之言，平平凡凡地嫁了算數。即使倔強好勝如她，在內心的深深處也許會有些許不甘，可在那封建道德傳統的積威之下，處於「四書五經」與「三從四德」的強力洗腦教育之中，李莫愁唯一可能有的下場就是：漸漸被磨去了火性，變成爲封建傳統中婦女德言容功的典範。

當然如果李莫愁的運氣好一些，她嫁的「良人」還算不錯，於是她就得了世人眼裏最大的幸福，成爲後世婦女所嚮往的楷模和羨慕的對象，就像她的父親在爲她取名時所寄予的希望一樣：「十五嫁爲盧家婦，十六生兒字阿侯。盧家蘭室桂爲梁，中有鬱金蘇合香。」如果她的運氣不那麼好，那麼她將絲籮繫於良木的美好願望就徹底宣告破滅，於是李莫愁就得用一生的青春來悲悼這次錯誤的婚姻。

當然事實上，我們以上的臆測在《神鵰俠侶》中都不存在，實際情況是有一場意外的「家變」降臨到李莫愁本來堪稱幸福的家庭，父母的相繼去世使李莫愁被迫結束了幸福的童年生活，而別無選擇地踏入了古墓，那個與世隔絕的地方。古墓外的天空是藍的，可古墓裏的日子是暗無天日的；古墓外的世界是由父母與小夥伴們共同構築且充滿了歡笑的，即使流淚，出現在記憶裏也是充滿了快樂的，可古墓裏的生活卻是除了不苟言笑的師父，就是那個長得會驚嚇到小孩的孫婆婆，還有就是李莫愁不再被允許擁有哭和笑這兩種發洩情緒的最基本手段。

在只有三個人居住的古墓裏，李莫愁正常的人際交往被剝奪了，其實她何止「自十歲以後，從未與男子肌膚相接」，在古墓的這些年裏，李莫愁即使是與女人的交往也少得可憐：師父從來不多說話，孫婆婆也是。而古墓的生活沒有早起市集的吆喝，沒有隔壁阿娘半夜翻身的聲音，沒有雞鳴桑樹巔，也沒有狗吠深巷中，更沒有曖曖遠人村，依依墟裏煙……，甚至連古墓的老鼠也彷彿是不會吱吱叫的。在古墓的夜晚，靜靜地躺著時，李莫愁總覺得寂靜得她可以聽見自己體內血液流動的聲音。而那據說是要摒棄七情六欲的古墓派內功心法，則使她性格中原有的熱情都凍結成了寒冰。只是許多年以後，在李莫愁遇見了陸展元以後才知道那火焰並不是熄滅了，而是沈睡在冰凍層之下。

在古墓裏的這七八年，原本生性熱情的李莫愁開始有了冷凝的性子，而且古墓的生活使得她在以後一直無法眞正地融入他人的生活。可當十七八歲妙齡的她一心嚮往古墓外的生活時，李莫愁還渾然未意識到這一點，沒意識到她的生活在進入古墓的那一刻就意味著注定的悲劇。

因爲沒有人可以交往，更因爲沒有人可以傾聽少女李莫愁的心聲，在長久的孤寂之後，李莫愁的性格中漸漸衍生出另一類東西，那是一種不顧他人我行我素的性子。這種性子不但進一步腐蝕了李莫愁與身邊人交往的能力，也使得李莫愁開始習慣了主動將自己隔絕於人群之外，除非得到她的青睞，李莫愁不允許任何人進入她的內心，即使是她後來的徒弟洪凌波，更不用說是師妹小龍女或是也相處了一陣的仇人陸無雙了。所以在洪凌波的眼裏，雖然師父養育了她，可師父永遠是那麼心狠手辣，永遠是那麼豔若桃李而又毒如蛇蠍。在這樣的情況下，洪淩波無法愛李莫愁。而唯一被允許進入李莫愁生命的陸展元，他離開李莫愁的相當一部分原因也是因為忍受不了李莫愁這種自絕於人群的習慣，以及因此而帶來的那種強烈得能讓人窒息的愛意與占有欲，使得渴望自由呼吸的他不得不逃開，即使被譴為負心薄倖也在所不惜。

同樣，也是李莫愁這種我行我素的個性，為以後她的誤入歧途提供了支援，使得「情變」以後李莫愁的作惡多端成為可能。同時李莫愁與生俱來的好強、倔強等執拗的性格並未被古墓的空寂歲月磨平，相反更在以後的日子裏隨著李莫愁經歷了生命中的得意與失意而更進一步獲得發展，使得李莫愁偏激的性格猶如坐上了雲霄飛車一樣，飛速地向極端滑去。

當然在古墓裏，寂寞的生活也會令她的師父偶爾打開話匣子，尤其是黃昏時分，在三盞兩杯菊花淡酒之後，師父總會不由自主地談起她自己的師父，而李莫愁與孫婆婆就是一旁默默的聽眾。從師父的話裏李莫愁知道，她的師父只是祖師婆婆的一個貼身丫環，她連自己的姓名也不曾有過，有的只是被小姐使喚時的小名。而祖師婆婆姓林，閨名喚作朝英。這位在畫像裏永遠年輕的祖師婆婆不但貌美如花，而且武功之強不輸於當世第一高手——全眞教的開山鼻祖王重陽。雖然李莫愁不能親眼目睹師祖林朝英的絕代風姿，但她完全可以想像，而古墓裏的孤寂更助長了她的這種想像。

師父用平淡的語氣敍述著當年和祖師婆婆一起在江湖上看到或聽到的往事，雖然林朝英當年因自己是女流之故，素不在江湖上隨便拋頭露面，所以親身經歷的事並不多，但聽到的事可不少。從師父的敍述中，李莫愁知道了王重陽在江湖上無人能敵的第一高手地位，所以在聽到祖師婆婆居然以智勝了王重陽，迫得王重陽在終南山結廬出家當了道士，總忍不住心嚮往之。而聽到師父間或提及的有關祖師婆婆林朝英癡戀王重陽的那些舊事，總讓李莫愁自心底泛起一種莫名的悸動。

雖然在每次故事結束時師父總要補上一句：連王重陽這樣的大英雄都會負人於不義，何況是普通男子呢？所以普天下男人都不是好東西。可在李莫愁的心中卻總是對當年的那一切悠然神往，似乎她就變成了當年的祖師婆婆，經歷了林朝英當年的歡喜與痛苦，而出墓之後李莫愁與全眞教的仇怨就在這時的古墓裏已經種下了因緣。

十七八歲的李莫愁傾慕祖師婆婆的颯爽英姿，卻又惋惜祖師婆婆竟以絕世之風姿而終身幽居古墓，更有感於師父的絕世武功只能沈寂在古墓裏，在她冷漠的性情下面又隱隱地泛起了對外面世界以及對未知的情感世界的憧憬。在李莫愁那顆少女的心裏，師父因了祖師婆婆失敗的情感經歷而選擇畢生老死古墓是相當可笑的，因爲人總不能因噎廢食吧。而在童年模糊的記憶裏，李莫愁仍依稀地記得那種奔跑在山前屋後的自由感覺，記得父親和母親之間默契的眼神。誰說世上沒有一個好男人？至少我父親就是一個！少女李莫愁這樣想著，外面的世界，隨著年齡的增大，時時入她夢來。

少女的李莫愁不想再孤寂，在她心裏開始有了對未來的謀畫，那裏有一片燦爛的天地，有一個愛她的專情男人，有一個……

要做到這一切，就必須進入外面的世界，古墓曾帶給她安全，可現在古墓以及古墓裏的一切都成了束縛她的繩索。李莫愁不想要這種遠離塵囂的幽閉生活，她必須爲了自己的自由而掙脫開這條繩索。但年少的她恰恰忘了，作爲社會的個體，她必須總是處於與社會群體或他人的交往之中，透過相互交流建立一定的人際關係，形成某種人格特點，而這種人格特點因爲其產生的環境是社會生活，所以它必然是能夠被社會群體所接受的，否則就會被社會所拋棄，成爲社會的棄兒。

在社會中，個體的成長與發展是一系列社會化的過程，是一個學習社會角色與道德規範的過程，而李莫愁恰恰是在成長的中途被人爲地割斷了社會化的進程。由此我們可以知道，李莫愁是一個社會化受損的個體，在古墓這個與世隔絕的地方，社會化受損的危害還無法看到，但到了江湖這個需要人與人之間頻繁交往的大社會，社會化受損的危害很快地就顯露出來了。

雖然李莫愁本人不滿古墓裏孤單寂寞的生活，在主觀上排斥古墓派孤立自我的生活方式，可是透過對社會化的研究我們會發現環境對於人的影響，是透過各種直接與間接的管道進行的，因此個人對社會要求的認識與掌握可能是自覺的、積極的與主動的，也可能是不自覺的、消極的與被動的。也就是說，個人的社會化有時是有意識、有目的地進行的，有時是無意識、潛移默化地進行的。社會化在一定的社會環境的影響下，不管個人喜歡還是不喜歡，總是會在他或她的身上實現的。

早在走出古墓之前，古墓這個只有三、四個人的小「社會」就對李莫愁的人生構成了不可移易的重大影響。而我們也知道一個人的童年、少年生活對人的一生所造成的影響是其他的生活時期都無法比擬的。所以我們也可以說李莫愁的悲劇就在於，她作爲一個社會化進程受阻的個體，卻看不到自己已不再適於社會生活，而正是她內心存在的這種強烈的對社會化的渴望，最終造成了她的悲劇。

我們不知道李莫愁是怎樣進行這場捍衛自由的鬥爭的，但在最後她終於如願離開了一直禁錮著她也一直保護著她的古墓，進入了她一直渴望著的俗世江湖。

從《神鵰俠侶》的情節發展中我們可以知道，古墓派的武功確實有獨到之處。我們可以想像李莫愁初出江湖不久就在江湖上揚名立萬，確實頗有點一朝名動天下聞的味道。而伴隨著古墓派武功在江湖上所引起的轟動，李莫愁本人的美貌在江湖上亦引起了另一重的波瀾。在美人本就缺乏的江湖，李莫愁大家閨秀似的美貌與她的衣著得體、言語斯文，自然而然地使眾多江湖豪強怦然心動。而李莫愁還通音律，能以笛笙相和，以悲歌動人，又更顯示出她的不同凡響。她不同於江湖女子的斯文，不同於大家閨秀的清新，更引得無數英雄競折腰。即使是在許多年以後，李莫愁已墮落成了江湖人眼裏的赤練魔頭，還仍舊有爲她的美貌而傾倒的人。即使以洪凌波的妙齡，仍比不得李莫愁的風姿。

一系列的順境，空前膨脹了李莫愁的好強，使得她的性情由好強而變成了自負——她不但自負於美貌勝人，而且自負於武功傲人。雖然在李莫愁闖蕩江湖的歲月裏，也不乏大風大浪，武功勝過她的人也曾經有過，只是她事先料敵周詳，或攻或守，或擊或避，均胸有成竹，使得她敗績極少。於是即使在作了道姑之後，她也是絕不屑於在晚上穿夜行服的。

而在與陸展元相識之後，大概是基於男女相吸引的天性吧，陸展元的存在激發了李莫愁少女的天性，在消融了她在古墓裏所積聚的人情寒冰之後，李莫愁的溫柔就大放異彩了，使得在十年之後，即使李莫愁已經成了正道中人人人得而誅之的女魔頭，可武三通、武三娘甚至是金庸先生本人，在談到李莫愁時仍忍不住要加上一句：她一生作惡多端，卻也不是天性歹毒，只是情場失意之後憤世嫉俗，由惱恨傷痛而乖僻，更自乖僻變爲狠戾殘暴。

在這期間，李莫愁以她全部的愛意，爲陸展元繡製了他們的定情信物——一方錦帕。她這個並不以女紅見長的江湖女性，唯一一次放下了刀劍，拾起了針線——這其間，對她陸展元的愛乃是使她這樣做的唯一的動力，甚至這愛意竟深長到十年之後滿懷忿恨、一心想要報仇的李莫愁在乍見錦帕之時也不由得呆住了，一向殺人如麻的她居然面對著一方錦帕無法決斷是殺還是放，最後竟然決定改變滅陸家滿門的初衷，放了陸無雙一條生路。

由此可見這一方錦帕在李莫愁內心的地位，其實我們未嘗不能說李莫愁對陸展元的愛意有多少，恨意就會有多少。古龍先生在《白玉老虎》結束時說「銅錢有兩面，劍有雙鋒」，即言此理也。

而以小龍女在古墓的生活以及李莫愁在《神鵰俠侶》裏的出場，我們可以推斷得出李莫愁也是或也曾是一個不善言語的人，更不用說言己之愛意了。而她脫俗，但卻失之於冷漠的外表必然也是古墓派諸位女士們的標誌。可惜的是林朝英情場失意的教訓並未使李莫愁意識到愛上一個男人的女人是不能表現得太強的，尤其是在南宋這個女性地位空前低落的時代，因爲在這個男權社會裏，表現得太強的女人必然會受到社會的冷落甚至懲罰，所以她的結局也只能和林朝英一樣。

在這個李莫愁一生中堪稱最溫柔的時期裏，好強、倔強作爲她性格中最根本的特質，仍然沒有一點改變。而伴隨著她對敵經驗的日漸豐富與江湖地位的日漸鞏固與發展，原本可以作爲她生活的倚仗與臨陣對敵的指導者的陸展元漸漸失去了他本來的地位，由可以與李莫愁並駕齊驅而至於開始惶恐在李莫愁的身邊會失去自己的光彩。於是他開始疏離這個曾經強烈地吸引他的姑娘。

李莫愁作爲一個在古墓長大的個體，與世隔絕的生活使得她的社會化受損，於此同時，南宋社會對女子的一些道德規範也就對她失去了制約作用。李莫愁的形象有違於當時社會要求的傳統婦女形象，而陸展元自出生以後所受的教育卻是與當時男尊女卑的社會風氣相合拍的。作爲一個世宦子弟，一個少莊主，陸展元對妻子這個角色的需要和要求與李莫愁所能提供的相差甚遠。雖然自信是叱咤江湖的基本條件之一，可是，過分自信就變成了一種威脅，尤其是對陸展元而言。

其實早在陸展元遇上何沅君之前，他已面臨這樣一種痛苦的選擇——是放棄還是繼續生活在李莫愁燦爛的光華之下，甘心做一個陪襯？

社會對男人是殘酷的，無論是南宋還是現在，沒有本事的女人可以藉「女子無才便是德」的大旗的遮蔽安然返回廚房的一隅，做個賢妻良母；而沒有才幹的男人，只有生活在被人遺忘或被人嘲笑的角落。至於本身頗有才幹，卻因了身邊的女人而相形見絀的陸展元，怎甘心？怎甘心？

所以我們可以作這樣大膽的推測——早在遇上何沅君之前，陸展元與李莫愁這段曾讓彼此都感覺到幸福的愛戀，其實已經發生了觸礁的危機。

在古墓的時候，因爲李莫愁本身就生活在一個與世隔絕的非社會化的環境裏，所以她感覺不到自身與社會中人的區別。可一旦李莫愁回到社會人群之中，她性格中的非社會化因素就與生活的社會化產生了不可調和的矛盾。李莫愁既無法在短期內改變自己，又無法改變這個社會，所以她只有失敗一途。當然我們也不可否認，如果何沅君沒有出現，並且給李莫愁以足夠的時間，以及一位能夠包容她的、可以風雨共度的癡情郎君，也許李莫愁就能平安度過這從非社會化漸漸向社會化轉變的過程，從而眞正成爲一個社會化的人。可是事實是陸展元的移情別戀嚴重打擊了李莫愁，使得她中斷了這種有益的轉變，而將自己困守在感情的峽谷裏。

更不用說，鬧婚一場之後，對女性的要求總是特別苛刻的南宋社會也沒有給李莫愁以再次開始的機會，所以被烙上了「壞人」這一標籤的李莫愁實際上已沒有回頭的機會和權利。而不久之後，更因爲歐陽鋒事件，使得心高氣傲不屑於解釋、也無從解釋的李莫愁又失去了古墓這個最後的擋風避雨之所。

「情變」之後，李莫愁的性情由原本的自負變得乖僻，而「師變」則使李莫愁的心態徹底地失了衡。在這之前，李莫愁雖然與人有溝通上的障礙，但主觀上仍然是想融入這個社會的，可這時，李莫愁性格中的平衡點遭到破壞，她開始滑向一個極端。李莫愁變得不再需要人們的認同，因爲在失去了陸展元與師父之後，她就等於失去了一切。

就這樣，李莫愁天性中的溫柔與善良進一步被掩埋，她從原先那個也許帶點冷漠卻仍不失爲可人的女子，一變爲自《神鵰俠侶》開篇就出現的那個橫蠻不講理、只有一腔恨意的復仇煞星。天性中的溫柔善良幾乎被掩埋殆盡，而更多的是遷怒，是暴戾。「師變」之後的李莫愁可以前一刻還在笑語盈盈，而後一刻就翻臉殺人；也可以因爲便利就推下一個活生生的士兵做自己出城的墊腳石。

此時，李莫愁的性情在以上的種種之外更添了自憐一項。當陸家莊尋仇得聞黃蓉與郭靖的長嘯，她就自我安慰，說自己的武功並不比黃蓉差，只是失之比翼。當看見小龍女與楊過互憐互愛，或別人歡歡喜喜時她不由自主的就是心裏不舒服。於是，在茅屋裏要殺楊過、程英、陸無雙三人時，她竟還非得要等到他們三人同放悲聲之後才下手。

只是昔日的溫柔善良倒也並非全部消亡就此不見，在李莫愁的行事中間或也露出點微光，比如在撫養陸無雙與郭襄的時候，她的身上便有母性的光輝；在見到素未謀面的馮默風的時候，李莫愁感念他的悲慘遭遇，在殺他與否上倒也猶豫了一番，倒顯得不是那麼永遠都殺人如麻的。

與小龍女那隨處可安的水樣性不同，李莫愁火一樣的性情注定了她無法像婚宴上那個天龍寺老和尚所以爲的那樣，在歲月的流逝中漸漸淡忘了她與陸展元的那段情，從而使得雙方都能好好地繼續生活在這個世界上。也許是因為天性中的那分執著吧，就像李莫愁數次失敗但仍不改對《玉女心經》的妄念一樣，時間無論怎樣流逝都無法令她忘卻陸展元，無論她怎樣修煉古墓派心靜如水的內功心法，都始終無法冷卻那股在她的內心越燒越旺的火焰。也許從那時起，李莫愁就已經走火入魔。

如果說這時的李莫愁還只是因為自己內心的煎熬痛苦，而忍不住要以遷怒於人與殺人來自慰，那麼在李莫愁經歷了在古墓中被關入石棺的「死變」之後，她的性格急劇地轉變，變成了滿腔怨毒急於對人發洩的心態失常者。當時，雖然她被閉在石棺之中還不到一個時辰，但這番注定要在裏面活生生悶斃的況味，實在是人間最苦最慘的處境！在這短短的時刻之中，李莫愁咬牙切齒，恨極了世上每一個還活著的人，心中只想：「我死後必成厲鬼，要索楊過的命，要索師妹的命，要索武三通的命，要索黃蓉的命，要……」，不論是誰，只要是在石棺外面安然活著的人，她都想要一一害死。後來她雖然僥倖逃得性命，心中積聚的怨毒卻絲毫不減，於是不幸與她狹路相逢的大草包郭芙郭大小姐就成了她第一個發洩怨毒的人選。

於是，我們知道，此時的李莫愁雖然還活著，可是她內心裏面一些作爲人的東西已經留在古墓的石棺之中，永久地被埋葬了，連帶著她本來很看重的一些東西，比如氣節、堅持也都一起失去了。這時的李莫愁是一個只求生存的李莫愁，而不是先前我們認識的那個可以爲了愛情而堅持的李莫愁。

話說滿腔怨忿的李莫愁出得石棺，看到郭芙就欲加害，結果卻因爲楊過夫婦的出手相救，郭芙沒有殺成，反倒在絕情谷裏爲求生存而殺了自己的徒弟洪淩波。而讓李莫愁所料未及的是，她自己也未能逃脫情花螫體的痛楚，而且那分痛楚更因爲她十數年的情毒纏身而苦痛倍增。

要知道李莫愁從來就是不願爲逞愚勇而作無謂犧牲的人，所以她的人生哲學之一就是：打不過就逃，大不了瞅著對手不注意來個死纏爛打，比如她在荒山裏殺楊過、程英、陸無雙等人用的就是這經典的一著。更難得的是，別人逃跑時往往相當狼狽，可李莫愁卻因爲她古墓派的絕頂輕功以及她本人的姿容，而往往將逃跑這件事做得相當美麗。

但是，她這個自「情變」之後對所有追求者均不假辭色，甚至稍有輕薄之意就會立斃於她拂塵之下的冷女人，在這會兒卻可以爲了生存而大違本性，由著公孫止妹子妹子地滿口輕薄。更有甚著，她不但與公孫止虛與委蛇，而且還爲了活命而向師妹小龍女求情，更不用說爲了逃命狠心下手害了唯一徒弟洪凌波的性命。她覺得自己從來就沒有這樣失敗過。她差不多已經失去了平日的理性和冷靜，於是當一燈大師的師弟天竺僧突然出現在李莫愁的視線範圍之內的時候，她竟然沒有先揣測一下這個人身分，貿貿然射出一枚冰魄銀針，當場要了天竺僧的命——其實也是要了她自己的性命，因爲天竺僧是這個世界上唯一可能會解她所中的情花之毒的人。

其實，若在平日，李莫愁明知自己處境極險，雖然一貫殺人不眨眼的她至少也會先考慮一下這個異域和尚與現下絕情谷中她的那些武功高強的敵人們之間的關係，絕不會無緣無故地替自己樹敵。當然，等到她知道天竺僧的身分，清醒過來時，後悔已經來不及了。

至於爲什麼一定要安排李莫愁殺死天竺僧、置她於絕境的情節呢？我認爲這一方面固然是金庸先生爲求得傳統小說中善惡有報的經典結局，以滿足廣大中文閱讀者那種渴望大團圓大結局的固有的傳統的閱讀快感，同時也是爲推動以後的情節發展而考慮的結果，即如果天竺僧不死，那麼楊過與小龍女就必然會因此得救，那麼，以性情論，楊過與小龍女最後的結局只會是回歸古墓。那麼，以後楊過的英雄事蹟該如何掛跡？故事又該如何繼續呢？

所以天竺僧非枉死不可，而殺他的理想人物就非一腔怨毒的李莫愁莫屬了。

不過，與此同時，我又覺得，其實李莫愁苦於情花之毒，乃至葬身於絕情谷的熊熊烈焰之中的最後下場，一方面固然是她咎由自取，殺人無數以致必有此報，另一方面也是金庸先生對李莫愁的憐惜，是因爲不忍見她再次踐踏自己的尊嚴，所以將其置身於烈焰之中，還火一樣的她以一個火一樣的傳奇結局：君不見，在烈焰中高歌的李莫愁毫無痛苦之意嗎？

當李莫愁唱著那首她生平最愛的〈邁陂塘〉投入烈焰時，在場的所有人都深受震撼：

小龍女拉著楊過的手臂，怔怔的流下淚來。眾人心想李莫愁一生造孽萬端，今日喪命實屬死有餘辜，但她也非天生狠惡，只因誤於情障，以致走入歧途，越陷越深，終於不可自拔，思之也是惻然生憫。甚至是程英、陸無雙這對表姐妹，雖然對滿門被害之仇一直念念不忘，然見李莫愁下場如此之慘，大仇雖然得報，心中卻無喜悅之情。黃蓉懷中抱著郭襄，念及李莫愁雖然無惡不作，但生平也有一善，於郭襄有月餘養育之恩，於是拿著郭襄的兩隻小手，向火焰中拜了幾拜。

應該說，在每一個人的心靈深處都藏有黑暗點，所以當生活給我們選擇的機緣時，才有可能會出現不同的甚至是正邪不能兩立的局面。

單就追求自由幸福而言，我們不能說李莫愁做錯了，但在遭遇生活中一系列不如意的時候，潛藏在李莫愁心靈深處的黑暗被激發了出來，終於有一天她個性中的陰暗面蓋過了善良，於是……

而縱觀武俠世界，我們會發現李莫愁現象並不是偶然的，有關這一點，我們將在「外一章——人間自是有情癡」中詳細談到，在這兒就不贅述了。

李莫愁的人生哲學

處世篇——一懷仇緒，十年怨毒

作爲人類社會的組成部分之一，我們每一個人都必然會與這個社會的其他成分發生一定的化學變化，也即和這個世界裏一切形形色色的人和事發生聯繫。而我們的性格組成、我們的行爲習慣以及我們在具體社會生活中對人對物的具體方式方法，也直接影響到我們在這個社會裏的處境。同時社會也以他的「遊戲規則」決定了我們將窮一生之光陰來扮演這個既定的角色。

作爲古墓派的弟子，李莫愁有相當長的一段時間是在那個相對封閉的活死人墓裏度過的。在這個由寥寥三人（最多時也不過是四個人）所構成的小小「社會」裏，簡單的「社會」關係以及特定的「社會」生活準則，決定了李莫愁可以選擇「我行我素」這一行爲習慣。可當李莫愁主動走出了這個相對單純的古墓「社會」，投入到外面的那個紛繁複雜的大社會之後，她的心態、處事等等就必然地會與以前不同了。我們姑且不論這種不同是出於被動還是主動，但是其結果都逃不了介入這個社會後必然會有的那種改變。

雖然李莫愁十歲以後的很長一段時間都生活在古墓這個與世隔絕的地方，可是憑藉自己的聰明與智慧，她仍是表現出了對這個大社會的一定的適應能力。應該說，雖然李莫愁這個角色並不是什麼憂國憂民的女英雄形象，甚至連一個基本的好人都搆不上，但我們也應看到，和李莫愁的師妹小龍女比起來，李莫愁對外面世界的適應能力應該說是相當強的，至少她憑藉著自己獨到的處事方法與獨特的處事智慧，在這個紛繁複雜的社會裏占據到了屬於自己的一個分額。因爲她毒辣陰狠，人們可以恨她，人們可以不喜歡她，但卻沒有人能夠剝奪屬於李莫愁自己的生活。即使她曾遭遇許多武功高於她的人，她仍能每次都安然脫險；即使是在絕情谷的危機裏，最終還是她本人決定了自己的命運——主動選擇了死亡。

在這一章裏，我們就集中觀照李莫愁在處事方面的特點。

雖然《神鵰俠侶》曾不止一次寫到李莫愁遇見黃蓉、楊過會束手束腳，被他們牽著鼻子走，並且不止一次吃了他們的暗虧。但事實上隨著小說故事的展開，我們仍然會發現李莫愁的機智之光彩。江湖險詐，正是李莫愁的機智使得這個沒有背景沒有後臺的年輕女子得以在江湖上順利立足，並且很快名揚江湖。雖然江湖的風浪堪稱巨大，但李莫愁總是依仗著她的機智外加幾分僥倖，每回遇險都能化險爲夷，從容脫逃。即使是在李莫愁生命的最後關頭，作者還是給她安排了自己選擇的機會，於是李莫愁選擇了自絕於烈火之中。

在分析李莫愁的處事時，我們會發現李莫愁慣常用的一種手法是：爲他人設局，然後善加利用佈局。在《神鵰俠侶》開場不久，郭靖送楊過去終南山的重陽宮拜師學藝，適逢邪魔歪道齊集山上圍攻全眞教。而當郭靖打敗蒙古霍都王子、藏僧達爾巴等人後，丘處機告訴郭靖這些邪魔歪道並非是爲對付全眞教而來，而是對那住在終南山古墓裏的小龍女有所圖謀。根據全眞教門人輾轉打聽得來的消息，他們得知這件事完全是由小龍女的師姊李莫愁挑撥起來的。

當時丘處機言道：

「李莫愁的師父在收了李莫愁為徒之後，教了李莫愁幾年的功夫，瞧出她本性不善，就說她學藝已成，令她下山。李莫愁當師父在世之日，雖然作惡，總還有幾分顧忌，待師父一死，就借弔祭之名，闖入古墓中，想將師妹逐出。她自知所學未曾盡得師祖、師父絕藝，要到墓中查察有無武功秘笈之類遺物。哪知墓中佈置下許多巧妙機關，李莫愁費盡心機，才進了兩道墓門，在第三道門邊卻看到師父的一封信。她師父早料到她必會來，這封遺書放在那裏等她已久，其中寫到：某年某月某日，是她師妹十八歲的生辰，自那時起就是她們這一門派的掌門。遺書中又囑她痛改前非，否則難以善終。那便是向她點明，倘若她怙惡不悛，她師妹便當以掌門人身分清理門戶……李莫愁很是生氣，再闖第三道門，卻中了師父事先伏下的毒針，若非小龍女為她治傷療毒，當場就得送命。她知道厲害，只得退出，但如此縮手，哪肯甘心？後來又闖了幾次，每次都吃了大虧。最後一次竟與師妹動手過招。那時小龍女不過十五六歲年紀，武功卻已遠勝師姊，如不是手下容讓，取她性命也非難事。

「這一來，李莫愁更是心懷忿恨，知道師父偏心，將最上乘的功夫留著給小龍女。於是她傳言出來，說道某年某月某日，古墓中的小龍女要比武招親。她揚言道：若是有誰勝得了小龍女，不但小龍女委身相嫁，而墓中的奇珍異寶、武功秘笈，也將盡數相贈。那些邪魔歪道本來不知小龍女是何等樣人，但李莫愁四下宣揚，說她師妹的容貌遠勝於她。這赤練仙子據說甚是美貌，姿色莫說武林中少見，就是大家閨秀，只怕也是少有人及。

「江湖上妖邪人物之中，對李莫愁著迷的人著實不少。只是她對誰都不加青眼，有誰稍為無禮，立施毒手，現下聽說她另有個師妹，相貌更美，而且公然比武招親，誰不想來一試身手？」

雖然我們從後文中得知，李莫愁與師父之間的關係並不完全像丘處機所說的那樣，《玉女心經》也是李莫愁自己先放棄了的。而李莫愁的師父之所以不親自出手處理李莫愁作惡的事件，一來是因爲古墓派的人本來就不是江湖上的一分子，所以江湖的事與她們的關係不大，「而人總是要死的」，故能等閒視之；其二則是念及以林朝英之能尤爲感情煎熬痛苦了一輩子，終至隱居古墓鬱鬱而終，而身爲林朝英之貼身丫頭的她看多了主人爲情所苦的痛楚，所以她能夠體會這種爲情所困的苦痛與身不由己。在這茫茫人世中，李莫愁的師父算得上是最能夠體會李莫愁那種遷怒枉殺之下所掩藏著的痛苦的少數人物之一了。而她之所以不清理門戶，除了當初她亦曾發誓不下終南山的原因之外，更多的也許是因爲她體恤徒弟李莫愁在感情上的不幸遭遇吧！

而且丘處機所說的「李莫愁當師父在世之日，雖然作惡，總還有幾分顧忌」，則照應了我們在「性情篇」中所言及的：李莫愁的人生經歷了四個大的變化，這四場巨變對於李莫愁的性格發展有著很重要的意義，而其中之一就是涉及歐陽鋒事件的「師變」。

現在，我們姑且不論丘處機的推測有幾分準確，但李莫愁爲了得到師門秘笈《玉女心經》而佈下了「比武招親」這個局是毋庸質疑的了。雖然丘處機與郭靖好管閒事，終南山古墓的玉蜂也極爲厲害，霍都、達爾巴等人最終狼狽而逃，但我們不得不承認，李莫愁能夠煽動整個江湖的邪魔歪道相信這個子虛烏有的「比武招親」，表現出了李莫愁具有相當強的蠱惑人心之才幹。

在李莫愁短短的一生中，這樣的局並不僅僅只有終南山這一齣。大概是因爲這次的「比武招親」與全眞教結下了樑子，又或者是在李莫愁知悉王重陽當初近乎以拋棄的方式回答了林朝英的眞情之後，李莫愁在主觀上就對全眞教沒有好感，所以雙方始終對立。這之後不久，丘處機等人就下了山到山西殺李莫愁，一心爲武林除此公害去了，不料迎接他們的恰恰是李莫愁的另一個局：

當時李莫愁在江南嘉興連傷了陸立鼎等數人之後，隨即遠走山西，在晉北又傷了幾名豪傑，終於激動公憤，當地武林首領大撒英雄帖，邀請武林同道群起而攻之，而全眞教也接到了這帖子。當時生性仁厚的馬鈺與丘處機等人商議，都說李莫愁雖然作惡多端，但她的師祖終究與重陽祖師淵源極深，最好是從中調解，給她一條自新之路。哪知李莫愁行蹤詭秘，忽隱忽現，劉處玄與孫不二竟然奈何不了她，反而給她乘機又傷了幾名晉南晉北的好漢。

眼見情勢不妙，於是劉處玄與孫不二趕緊修書搬請救兵，丘處機與王處一得信後就又帶了十名弟子前去支援。這回，李莫愁自知雙手敵不了四拳，便以言語相激，激得全眞教這些參了幾十年《道德經》的老道們一個個地都中了激將法，與她訂約逐一比試。不料在第一天的比試中李莫愁就用冰魄銀針傷了全眞教的女將孫不二，而且她的目標也並不止於要打敗孫不二一人，而是要不費吹灰之力地打敗全眞教一干人等。於是李莫愁隨即就親自上門饋贈解藥，叫丘處機等人顧及孫不二的性命不得不接受。這麼一來，全眞教諸人就算是受了她的恩惠，再也不能和她爲難了。當下弄得全眞教的一干道士尷尬至極，只有相對苦笑的分。

然後，在陸無雙偷了李莫愁的《五毒秘笈》逃亡之時，於追殺之際，李莫愁更是體現出了她在處事中細心兼多疑的一面。

第八回〈白衣少女〉寫道，當李莫愁在破屋之中找到受傷的陸無雙與保護她的楊過之時，楊過以綁著柴火與尖刀的牯牛引開了李莫愁師徒的注意，從而成功地救出了陸無雙。李莫愁帶著徒弟洪凌波自北至南、從東向西找了一圈沒找到人，就對洪凌波說：「咱們走吧，這小賤人定是逃遠了。」於是藏在左近草叢裏的陸無雙就以爲李莫愁師徒眞的走了，如果不是楊過及時捂住她的嘴，就正好被在一旁守候的李莫愁逮個正著。而在下一回〈百計避敵〉中，李莫愁爲了找到陸無雙以及那本《五毒秘笈》，居然連人家送親的隊伍也不放過，還用拂塵撕爛了人家的轎帷硬是看清了新娘的長相才走。這一回因找不到陸無雙而心中不快的李莫愁居然破天荒地沒有遷怒於轎中的新娘，反而笑道：「新娘子挺俊呀。」又稱讚新郎道：「小子，你福氣不小。」這也算是李氏的一大奇蹟了。

緊接著在客棧之中，李莫愁緊追楊過與陸無雙的蹤跡。雖然青衫客程英盜走了李莫愁的花驢，替他們暫時引開了李莫愁師徒，但李莫愁並沒有給他們足夠的時間來逃離。如果不是楊過誤打誤撞闖進了李莫愁先前已經搜查過的房間，又在情急之中將皮清玄扔到滿是煙灰黑炭的炕底，使得房中剛好是三人，而李莫愁又因爲方才已經仔細看過三個道士的相貌，知道不是陸無雙與楊過裝扮的，所以這次只是數了一下人數對不對，而沒有再仔細辨認相貌，否則任楊過如何善於機變也是難逃此劫了。

李莫愁的心狠手辣一旦與她的細心、她的多疑相結合，由此而派生出來的「寧可錯殺一千，不可放過一個」的處事信條，加上李莫愁的機智，便構成了李莫愁縱橫江湖的本錢，使得她即使在面對比她武功更高的人的時候也總能穩操勝券。

在楊過送陸無雙往江南去的道中，李莫愁與這兩個她所追捕的人狹路相逢，當時楊過與陸無雙正化裝成兩個道士，用煤灰與墨汁塗得面目全非。應該說李莫愁在沒有識破兩人的化裝時，是與這兩個「道士」無怨無恨的，可她只是見了楊、陸二人的背影覺得似曾相識，就存了袖手看熱鬧之心。而當李莫愁見這小道士劍法奇精，不由暗驚，心道：「無怪全眞教名頭這等響亮，果然是人才輩出，這人再過十年，我哪裏還能是他對手？看來全眞教的掌教，日後定要落在這小道人之手上。」

存了這樣的心思，所以當看到丐幫的兩個老丐被楊過那看似全眞教、實屬古墓派的輕功所圍困時，在一旁作壁上觀的李莫愁就忽然笑著指點他們道：「喂，丐幫的朋友，我教你們個法兒，兩個人背靠背站著，那就不用轉啦。」之後當楊過成功地趕走了這兩個老丐，而將借自洪凌波之手的劍還給洪凌波時，李莫愁見這素不相識的小道士武藝了得，心想留下此人，必爲他日之患，於是立時就動了「乘他武功不及自己，隨手除掉了事」的念頭。

緊接著，即使是楊過爲了引開她而編造了陸無雙被叫花子捉去，且《五毒秘笈》也被搜走的謊言，也沒能及時地引走李莫愁。雖然因爲楊過機靈，李莫愁欲激他動手，將他一拂塵擊斃的想法沒有能夠實現，但任憑楊過說得天花亂墜，李莫愁依舊沒有放棄殺他的念頭。於是在聽楊過大讚了一通自己的美貌之後，李莫愁顧自言道：「你跟我說笑，自稱是王重陽門人，本該好好叫你吃點苦頭再死。既然你還會說話，我就只用這拂塵稍稍教訓你一下。」

楊過搖頭道：「不成，不成，小道不能平白無端的與後輩動手。」李莫愁道：「死到臨頭還在說笑。我怎麼是你的後輩啦？」楊過道：「我師父重陽眞人，跟你祖師婆婆是同輩，我豈非長著你一輩？你這麼年輕美貌的小姑娘，我老人家是不能欺負你的。」李莫愁心中打定了要殺他的主意，當下也不動怒，只是淺淺地一笑，對洪凌波說：「再將劍借他。」……直到發現楊過在還劍時就已將劍捏斷，楊過的這分料敵於先的機靈才讓李莫愁微微心驚，於是臉上變色，更是下定了不顧一切殺他的決心。

楊過知道當時的形勢已是不能善了，而今唯有兵行險著才能使自己與陸無雙死裏逃生，又知道若當眞比拚，自己又絕不是李莫愁的對手，於是索性老氣橫秋，裝成一派前輩模樣，道：「我是不能跟後輩的年輕姑娘們動手的，但你既然定要逼我過招……，我空手接你拂塵三招。咱們把話說明在先，只過三招，只要你接得住，我就放你生路。但三招一過，你卻不能再跟我糾纏不清啦。」當下僵住了李莫愁。更以言語擠兌，要李莫愁答應只過三招，不能再發第四招。至於不使兵器，那是因爲想到自己反正也打不過李莫愁，用不用兵器本也是一樣的，不如顯得大派一點。另外如果能因此讓李莫愁不使那柄厲害之極的拂塵，那自然是最好。

這當然是楊過肚裏的小算盤，事實上李莫愁不但沒有因此而放棄自己的拂塵，而且一出手就是她武學中最厲害最狠毒的自創高招「三無三不手」。而且這套武功是無可抵擋之招，只有武功遠勝於李莫愁之人才能夠以狠招直面撲擊，逼得李莫愁回過拂塵自救，才能脫險。

寫到這裏，我忽然想到，如果李莫愁不倒回拂塵自救，又會怎樣？那是不是會兩敗俱傷或者是兩敗俱亡？還有，以李莫愁的心性，像她這種可以把輕功練得如蓮花款擺的女人，何以會創發「三無三不手」這樣陰狠醜陋的武功？難道是李莫愁覺得自己與陸展元武功在伯仲之間，即使自己稍勝一籌，還是無法將他置於死地，何況還有一個出於名門的何沅君助陣，結果如何無法預料，所以才……

又難道是與陸展元攜手並肩行走江湖時，少女李莫愁也像絕情谷中的裘千尺一樣，曾用自己的智慧與武學將江南陸家莊的武功破綻盡皆補全，而她的武功在陸展元眼裏也已沒有秘密可言，所以李莫愁才要自創這麼一種極度陰狠的武功？這「三無三不手」是因爲愛極生恨才誕生的嗎？

還有，《玉女心經》的遲遲得不到手，是不是這種陰狠武功的催生劑呢？

幸好，楊過因爲曾學過歐陽鋒經脈逆行的武功，情急之下身體倒轉，才險險地從李莫愁的「三無三不手」下僥倖逃得性命。當然我們已經無從得知三招之後，李莫愁守然諾的可能性有多少，因爲這時楊過臉上塗的煤灰剝落，露出了真面目。於是這段道中打鬥的最終結果是：楊過打死了李莫愁的花驢，又用玉蜂針讓洪凌波的驢子發了瘋，好不容易牽制住了李莫愁，他才得以逃生。

綜上所述，李莫愁處事委實心思縝密，出手狠辣，而最能體現出這兩點特質的是《神鵰俠侶》第十回〈少年英俠〉中在酒樓的那一段。金庸先生是這樣表述的：

當時李莫愁因爲聽信陸無雙之言，以爲《五毒秘笈》眞的被丐幫的人拿走了，所以心下煩悶，幾日裏都是食不下嚥。這天好容易捉到了陸無雙，可是《五毒秘笈》的事仍然擱在她心裏，連懲罰陸無雙都沒有心思。這天中午時分，她們師徒押著陸無雙來到武關鎮上的一家酒樓，其時楊過、程英與完顏萍一行人都在，但因為楊過戴了醜陋的人皮面具之故，所以李莫愁並沒有認出他。而不久耶律齊、郭芙等人也來到這家酒樓。

進了酒樓後，李莫愁與洪凌波要了飯菜就不再說話，而李莫愁為《五毒秘笈》之事掛心，連吃麵都沒有胃口。李莫愁只吃了半碗麵條，就放下了筷子，抬頭往樓外閒眺之時，忽然望見街角邊站著兩個乞丐，背上都負著五只布袋，知道乃是丐幫中身分不低的五袋弟子，當下心中一動，走到窗口，向兩丐招手道：「丐幫的兩位英雄，請上樓來，貧道有一句話，相煩傳達貴幫幫主。」她知若是平白無故的召喚，這兩人未必肯來，可若說有話轉致幫主，丐幫的弟子卻是非來不可的。

等兩丐上樓之後，李莫愁又以快捷無倫的手法，神不知鬼不覺地使五毒神掌在兩人手背上各抹了三道朱砂般的指印，以此脅迫丐幫將「那本奪去的書賜還」，但在一開始時，她只是柔聲說道：「去跟你家幫主言道，你丐幫和我李莫愁素來河水不犯井水，我一直仰慕貴幫英雄了得，只是無緣謀面，難聆教益，實感抱憾。」頓了頓，又說道：「兩位中了五毒神掌，那不必擔心，只要將奪取的書賜還，貧道自會替兩位醫治。」當一丐問道「什麼書？」時，李莫愁笑道：「這本破書，說了嘛也不值幾個大錢，貴幫倘若定是不還，原也算不了什麼，貧道只向貴幫取一千條叫化的命兒作抵便了。」

李莫愁一面笑顏如花，可另一面卻說著殺人不眨眼的話。能把吹捧、套交情與威脅的話語融爲一體，且又說得這樣有條不紊、層次分明，而且又是語言的威脅與行動的威脅同時展開的，讀遍了「射鵰」三部曲，怕也只有李莫愁一人能爲了！

當轉念一想，李莫愁意識到「……啊唷不好，若是他抄了個副本留下，卻將原本還我，那便如何？」轉念又想：「我神掌暗器諸般毒性的解法，全在書上載得明白，他們既得此書，何必再來求我？」

想到此處，不由得臉色大變，飛身搶在二丐頭裏，攔在樓梯中路，砰砰兩掌，將二丐擊回樓頭。只見黃影閃動，她已回上樓，抓住一丐手臂一抖，喀喇聲響，那人臂骨折斷，手臂軟軟垂下。然後李莫愁又隨手抓住那個意欲保護同伴的乞丐的手腕，順勢一抖，又折斷了他的臂骨。

當身受重傷的二丐欲以性命相拚時，李莫愁又回到桌邊坐下，斯斯文文地道：「你兩位留著罷，等你們幫主拿書來贖。」當二丐見她背對著他們，欲俟機逃走時，李莫愁轉身笑道：「瞧來只有兩位的腿骨也都折斷了，這才能屈留大駕。」

能將如此血腥的話說得如此的心平氣和，如此的溫言慢語，天底之下恐怕也只有李莫愁一家，別無分號了。也難怪當時一起在這家酒樓裏的耶律兄妹與楊過等人忍不住要出手相助二丐了，甚至連她自己的徒弟洪凌波也瞧著不忍，道：「師父，我看守著不讓他們走就是了。」

雖然洪凌波的性命是李莫愁救的，並且是由李莫愁自幼將她養大，可李莫愁的心狠手辣連自己的徒弟洪凌波都爲之心冷。李莫愁自「情變」之後，除了與楊過曾因爲機緣巧合而一起在襄陽城外的一個山洞裏過了半宿外，其他的時候不是孤身一人就是與洪凌波結伴而行。應該說李莫愁與洪凌波有著不同於其他人的深厚感情，所以當洪凌波在奉師命追殺陸無雙時，曾多次對陸無雙手下留情，李莫愁都是睜一隻眼閉一隻眼，假裝沒有發現，或者只是訓斥幾句，也不深究了。可這並不意味著李莫愁可以像當年自己的師父救她一樣，為洪凌波而犧牲自己。相反，到了關鍵的時候，李莫愁仍可以毫不猶豫地把洪凌波犧牲掉。

先前在古墓時，當大家急著從密閉的古墓逃生之際，楊過採取了離間之計，對李莫愁說道：「我姑姑說，只能帶你們之中一個人出去，你說是帶你呢，還是帶你徒兒？」李莫愁開始只是斥道：「你這壞小廝，趁早給我閉嘴。」可當小龍女也附和著楊過的說辭，而自己還被楊過嘲笑不如徒弟洪凌波美貌時，李莫愁只是一逕地不說話，可到了眞的要出去時，見徒弟洪凌波居然要搶在自己前面時，李莫愁就怒道：「你跟我搶嗎？」左手伸出，已扳住了洪凌波肩頭。洪凌波知道師父出手狠辣，若不停步，立時會斃於她掌下，便只得讓師父走在前頭。

從這裏我們可以看出，洪凌波讓師父李莫愁走在前頭不是眞正的心悅誠服，而是李莫愁用武力威脅的結果。洪凌波並非眞心情願為師父犧牲，而是師父李莫愁以一貫的行事狠辣作爲威脅，使得她意識到若不放棄與李莫愁搶的念頭，就會立時喪失了性命，而不得不作出退讓。所以洪凌波「讓師先行」的實質是她內心對師父的既恨且怕。

我們也可以從這種種的跡象推測，洪凌波本人雖然沒有陸無雙那樣的勇氣來進行逃亡之旅，更無有支持著陸無雙逃亡的和李莫愁之間的深仇大恨，但我們可以想像，在洪凌波跟著師父李莫愁的這許多年裏，逃開師父很可能就是她潛意識的念頭。其時陸無雙做出了洪凌波自己想做但又不敢做的事，想當然的，在與李莫愁一起追殺陸無雙時，洪凌波必然的就會有兔死狐悲之感。再加上陸無雙平日對她曲意奉承，而洪凌波也曾傳授了陸無雙不少李莫愁門下精妙的武功，於是在洪凌波的潛意識裏，學了自己幾成武功的陸無雙就成了自己的外在代表。就如陸無雙在洪凌波死後痛惜這個師姐一樣，在洪凌波的內心世界裏也必然地把陸無雙當作是自己眞正的師妹。更有甚者，在洪凌波的潛意識裏，陸無雙也是自己的化身，於是陸無雙的逃亡成功也就是自己的逃亡成功，所以也難怪洪凌波敢冒師父李莫愁的大不韙，而屢次冒險向師妹示警。

我們還可以看到，在洪淩波與李莫愁的相處中，洪淩波對李莫愁的恨與懼始終是相伴而行的。洪淩波對李莫愁更多的是怕，而非愛。而一個將死的人是眞正無畏無懼的，所以當洪淩波的生命就要喪失的時候，對李莫愁的懼怕也就消失了，而仇恨就自然而然地主宰了洪淩波的行爲。所以在絕情坳中，當洪淩波被李莫愁用做離開情花包圍圈的墊腳石時，她因爲自知生命已經不保，自然而然地就會與李莫愁清算這些年來的仇恨帳。所以洪淩波馬上伸手抱住李莫愁的腳與她共赴情花之約，這實在是多年積怨一時發啊。

不過，在李莫愁的心裏，也許自己的徒弟與其他可以被她視做草芥的人還是稍稍有所不同的，但這一切都比不上她對自己的重視。所以被情花圍困時，李莫愁心裏的第一個念頭是殺了程英與陸無雙作爲墊腳石以突破情花的包圍，而當這個有利於她們師徒兩人的如意算盤被奮不顧身的楊過打破了之後，洪淩波自然就得成爲下一個犧牲的物件。於是李莫愁就將洪淩波的身子高高舉起，擲入情花叢中，跟著飛身躍起，左腳在洪淩波胸口一點，人又躍高，雙腳甩起，右手卻抓住洪淩波又向外擲了數丈，然後再落到她身上。於是在楊過等人眼裏悲劇就此發生了：

眼見著李莫愁第三次躍起就可落在情花叢外，洪凌波突然大叫一聲，跟著躍起，抱住了她左腿。李莫愁身子往下一沈，空中無從借力，右腳飛出，砰的一聲，踢中洪凌波的胸口。這一腳好不厲害，登時將洪凌波踢得臟腑震裂，立時斃命。但洪凌波的雙手仍是牢牢抱住她左腿不放，兩人一齊摔下，跌落在離情花叢邊緣兩尺處，千萬根毒刺一齊刺進了李莫愁與洪凌波的身體。所不同的是洪凌波已經死了，而李莫愁還活著。當然不久之後李莫愁也死於情花之毒與絕情谷的烈焰中，她們這對師徒也算是都爲自己報了仇。

李莫愁的這種行爲與當年她的師父爲了接應她，而與歐陽鋒拚死一戰的氣節，可是差得遠了。所以我們可以說，李莫愁是機智的，可李莫愁的狠辣更是比她的機智要勝上三分。也是由於她的機智與更多的毒辣並存，所以在關鍵時刻李莫愁往往等不及想出更好的、能同時保全自己與他人的主意，就迫不及待地將身邊的人做了犧牲品。故李莫愁雖然在先天上是一個聰明的人，甚至論起聰明智慧來未必會輸於楊過與黃蓉，但因爲太多地考慮到自己的利益，反而讓她的智慧之光黯淡了：畢竟對於李莫愁來說殺個人只要拂塵一揮，比冥思苦想便捷得多了。

總之，李莫愁自「情變」之後，在情感上變得不願付出，所以就注定了她孤獨的一生。在失去陸展元之後的十幾年裏，李莫愁雖然名動江湖，但她擁有的全部也不過是仇恨，以及那種走在人群中更加寂寞的感覺。

另外，李莫愁不但有善於抓住對手的弱點，從而達到以弱勝強的一面，她還相當理智地知道怎樣的人能殺、怎樣的人不能碰，於是她就頗不同於武俠小說中那些有了一點本事就得意賣弄四面樹敵的歹人。李莫愁講究「打狗還得看主人面子」，所以她這個慣以遷怒來平衡自己的陰狠女子，在有些時候也懂得賣些交情給那些她得罪不起或者是她暫時還不想得罪的人；所以她這個慣會談笑殺人的女子，在關鍵時候也會做到只立威，不殺人。這方面最典型的例子就是每當碰到和郭靖、黃蓉有關的人，李莫愁總會顧念到天下知名的郭大俠夫婦還不是她現下敢於得罪的人物，便在關鍵的時刻每每手下留情。比如在《神鵰俠侶》第二回〈故人之子〉中，李莫愁去江南陸家莊尋仇，適逢郭靖與黃蓉帶著他們頑劣不堪的女兒郭芙與師父柯鎮惡來到江南柯鎮惡的家鄉——嘉興。其時李莫愁正與前來阻止這一場仇殺的武三娘以及陸立鼎夫婦廝殺在一起，她感慨若是舉手殺了陸立鼎，在這世上便再也看不到「江南陸家刀法」了，當下隨手揮架，讓這三名敵手在身邊團團而轉，心中情意纏綿，出招也不如何凌厲。但忽然間李莫愁一聲輕嘯，縱下屋去，撲向小河邊一個手持鐵杖的跛足老者，拂塵起處，向他頸口纏了過去。這一下，柯鎮惡就被捲入了戰團。

緊接著李莫愁便拂塵微揮，銀絲倒轉，捲住了鐵杖杖頭，叫一聲：「撒手！」借力使力，拂塵上的千萬縷銀絲將鐵杖之力盡數借了過來。那老者使盡了渾身解數才將她的巧勁卸開。而李莫愁這招「太公取魚」居然沒能奪下對方的鐵杖，卻也是大出意外，暗道：「這跛腳老頭兒是誰？竟有這樣的功夫？」身形微側，但見他雙目翻白，是個瞎子，登時醒悟，叫道：「你是柯鎮惡！」

要知道，李莫愁自屋頂脫離四人戰團，躍下屋來的目的是爲了將這個有可能攪局的人立斃拂塵底下，是以一出手就是殺招，大有能錯殺不能放過之勢。可當李莫愁得知這個不起眼的跛足老頭就是培養了那個名動天下的郭靖郭大俠的江南七怪之首柯鎮惡時，立時就打定主意：「要傷柯老頭不難，但惹得郭氏夫婦找上門來，卻是難鬥，今日放他一馬便是。」當下拂塵一揚，銀絲鼓勁挺直，就似一柄花槍般向柯鎮惡當胸刺去，這拂塵雖然是柔軟之物，但借這一股巧勁，所指處又是要害大穴，引得柯鎮惡的鐵杖在地下一頓，借勢後躍，於是李莫愁立刻脫離與柯鎮惡的戰局，陡然間急向後仰，腰肢輕擺，就如一朵菊花在風中微微一顫，早已避開了武三娘的殺招，接連傷了陸立鼎夫婦，並竄入莊中，欲將兩個小女孩趕盡殺絕，不料尋人未果，於是就從灶下取過火種，在柴房裏放了一把火。她出得莊來，還好整以暇，忙裏偷閒，沒有忘記對柯鎮惡與武三娘笑道：「我跟桃花島、一燈大師都沒有過節，兩位請罷。」

雖然武三娘與柯鎮惡誰也沒有「請罷」的意思，可李莫愁也只是側身避過柯鎮惡的鐵杖，拂塵揚出，銀絲早將武三娘的長劍捲住。兩股勁兒自拂塵傳出，一收一放，喀的一聲，將武三娘的長劍斷爲兩截，劍尖刺向武三娘，劍柄卻向柯鎮惡臉上激射過去。那劍頭來得好快，饒是武三娘讓得快，仍是被劍尖削去了頭頂一大叢頭髮；而李莫愁若得知，單她冰魄銀針之威名，就居然嚇得當年豪氣衝雲天的「飛天蝙蝠」柯鎮惡手裏扣了三枚他的成名暗器鐵蒺藜，卻不敢發出，也該足以自慰了。

當時李莫愁礙於桃花島與一燈大師的威名，一直對武三娘與柯鎮惡手下留情，可心中一則是對這兩個人的死纏爛打也煩了，二則是就像琴癡遇知音一樣，在武藝不差的柯鎮惡與武三娘面前顯顯自己的手段，也是她極爲樂意的。於是李莫愁心道：「若不顯顯手段，你這瞎老頭只怕還不知我是有意相讓。」於是腰肢款擺，拂塵銀絲已捲住杖頭。柯鎮惡只覺一股大力要將他的鐵杖奪出手去，忙運勁回奪，那知勁力剛透杖端，突然對方相奪之力已不知到了何處，這一瞬間，但覺四肢百骸都是空蕩蕩的無所著力。李莫愁左手將鐵杖掠到一邊，手掌已輕輕按在柯鎮惡胸口，笑道：「柯老爺子，赤練神掌拍到你胸口了。」

武三娘見狀大驚，急忙來救。李莫愁躍起身子，從鐵杖上橫竄而起，身子尚在半空，突然伸掌在武三娘臉上摸了一下，笑道：「你敢逐我徒兒，膽子也算不小。」說著咯咯嬌笑，幾個起落，早去得遠了。

就在這溫言笑語之間，李莫愁已在武三娘的臉上下了毒。不過總算是李莫愁先前說過她與桃花島、一燈大師沒有仇怨，對柯鎮惡與武三娘並沒有狠下殺招。

而且，誰也沒有料到，這裏隱藏著李莫愁的另一個妙局——意欲引出被武三通藏匿的程英與陸無雙這對表姐妹，得以殺之而後快。

五年之後，在武關鎮的一家酒樓裏，李莫愁大戰楊過、程英、耶律齊等一干人等，適逢莽郭芙與武氏兄弟正巧路過，隨即前來助陣，李莫愁不欲與郭靖、黃蓉爲敵，同時眼見楊過等人數眾多，不願與之纏鬥，當下拂塵回捲，笑道：「小娃娃們，且瞧瞧赤練仙子耍猴兒的手段！」呼呼呼連進六招，每一招都是直指要害，逼得郭芙與武氏兄弟手忙腳亂，不住跳躍避讓，當眞是有些猴兒模樣。李莫愁於是左足獨立，長笑聲中，滴溜溜一個轉身，叫道：「凌波，去罷！」師徒倆向西北方奔去。其時也只有被人奉承慣了的草包郭芙與武氏兄弟才傻得居然看不出這次實在是李莫愁手下留情，否則當這三個草包脫離大隊人馬，展開輕功在後急追李莫愁時，以李莫愁的輕功只要一個轉身，就可在殺人之後依仗著她的絕頂輕功從容離去，而憑郭芙與武氏兄弟的那點微末手段，恐怕也只有乖乖挨宰的分。

當然，在刀尖上打滾多年的李莫愁也清楚地知道，除非她能同時殺盡所有在場的目擊證人，否則她就不能動郭靖、黃蓉的心肝寶貝一根汗毛。因為此時的李莫愁與後來那個被困石棺，心性大變，以至於怨毒至極地想殺了天下所有還活著的人的李莫愁仍有極大的區別。

另外，值得一提的是，雖然李莫愁一直避免無謂地與桃花島、一燈大師等江湖中的頂尖人士結怨樹敵，不過假若一旦狹路相逢結下了樑子，李莫愁也絕不會輕易退讓。甚至即使遇見黃藥師本人，李莫愁也不會輕易言敗，而是依仗著自己的機智，以求百計抵敵。

在《神鵰俠侶》第一回〈風月無情〉中，李莫愁與黃藥師第一次狹路相逢時，她並不知道這個因帶著人皮面具而顯得詭異如僵屍的人就是名動江湖的東海桃花島主人黃藥師。其時正值李莫愁赴江南陸家莊尋仇之際，那時她正有感於美貌於己於人都只有壞處沒有好處，而想殺了端是個美人胚子的程英，不料卻遇上來江南散心的黃藥師，並被黃藥師的彈指神通所制，使得她挨了程英的一個耳光。李莫愁畢生從未受過如此奇恥大辱，狂怒之下，更無顧忌，拂塵倒轉，對著程英疾揮而下，但又忽覺虎口劇震，拂塵柄飛了起來，險些脫手。當下李莫愁料知今日已決計討不了好去，若不盡快脫身，大有性命之憂，遂輕笑一聲，轉身便走，奔出數步，雙袖忽又向後連揮，一陣銀光閃動，十餘枚冰魄銀針齊向青袍怪人黃藥師射去。她發這暗器，不轉身，不回頭，可是針針指向敵人要害。黃藥師沒料到她暗器功夫竟然如此陰狠厲害，當即飛身向後急躍。銀針來得雖快，他後躍之勢卻是更快，只聽得銀針叮叮錚錚一陣輕響，盡數落在身邊。李莫愁明知射他不中，這十餘枚銀針只是要將他逼開，一聽得他後躍風聲，袖子又揮，一枚銀針直指程英。她知這一針非中不可，生怕那青袍人上前動手，竟不回頭查看，足底加勁，急奔過橋，穿入桑林，成功地全身而退——這一套退敵報仇的動作紊絲不亂，連黃藥師這樣的老江湖大能人，竟也吃了癟，李莫愁的手段可見一斑。

數年之後，黃藥師帶著徒孫傻姑，又在襄漢之間的一間荒山茅屋裏與李莫愁狹路相逢。這次李莫愁同樣的大大不是黃藥師的對手，而且黃藥師以其人之道還治其人之身，用歌與琴聲引得李莫愁心生感應，存心是要藉此機緣殺了她，爲江湖除害。雖然傻姑的介入使得黃藥師功虧一簣，讓李莫愁逃得了性命。可吃了大虧，差點丟了性命的李莫愁哪肯甘休，當下就在這個荒山上與黃藥師耗上了。

你黃藥師不是要救楊過等人嗎，那麼我李莫愁就偏偏要殺他們！也難為她竟然能夠揣度到一代宗師黃藥師的心態，大膽犯險，遣走了徒弟洪凌波，自己一個人大剌剌地住在離程英的茅屋不遠的另一山頭，而且還料到黃藥師會來尋她晦氣，遂貼上寫有「桃花島主，弟子眾多，以五敵一，貽笑江湖」的字條，並以自己「端坐蒲團，手捉拂塵，低眉閉目，正自打坐」的莊嚴妙相，與「在諸人臉上一掃，面有鄙夷之色，隨即又閉上眼睛，竟似絲毫沒將身前強敵放在心上」的表情，不費一兵一卒地僵住了黃藥師，使得黃藥師空懷一身絕技卻下不得手，不但沒有能夠如願將這女魔頭除去，反而被勾起了傷心的往事，不得不黯然而退。

李莫愁行走江湖十數年，多次遇上武功高於自己的強敵，但卻常常化險為夷。要探討李莫愁是如何以弱勝強的，單看上面所述李莫愁與武功高出她何止一籌的黃藥師的這兩次遭遇與兩次安然抽身，我們就可以得窺全豹了。

另外，在李莫愁的處事哲學中，還有從權的一面，也就是說她的行事方式是變化的而不是固定的，這首先表現在李莫愁從來不會把自己拘泥在既定的角色上，比如在襄陽城外，幾位高手激烈地爭奪剛剛呱呱落地的小郭襄，李莫愁與楊過本是對立的，可當楊過採取弱弱聯手以抗強敵的手段，幫助「師伯」李莫愁打敗金輪法王奪得嬰兒之後，李莫愁也就暫時認可了對方「自己人」的身分，在較長一段時間裏和楊過同進共退，一起悉心保護小嬰兒的周全。在這期間，她對楊過殷勤周到的照顧也能夠坦然受之、坦然處之。這說明李莫愁固然心高氣傲，是一個慣會遷怒的魔頭，她有嗜殺、在感情上固執等特點，可同時她又能在臨陣對敵時表現得相當理性，確實是一個不可小覷的人物。不是嗎？你看她在追殺陸無雙時表現得也是相當冷靜和理性的呀——當時她與化裝成道士的楊陸二人遭遇，心中暗動了殺機，一心要除掉這個日後必會成爲自己之心腹大敵的「全眞教弟子」。而楊過這時一門心思想引開李莫愁對自己與陸無雙的注意，就從李莫愁最關心的《五毒秘笈》下落上著手，東拉西扯胡謅一些關於那個左腳有些不便的美貌姑娘被花子打了老大的一個耳摑子，外加被搜走了書的事。他正胡扯到半當中，忽然來了一隊蒙古官兵。李莫愁自不把這些官兵放在眼裏，但她急於查知陸無雙的行蹤，不想多惹事端，於是就避在道邊。蒙古馬隊揚起的塵土都沾在了她那杏黃色的道袍上，一向有潔癖且最喜歡借題發揮殺人洩憤的她卻只是舉起拂塵撣去身上的塵土，然後再不慍不火地繼續盤問有關那個美貌的跛足女子和那本書的事。看來李莫愁不僅能把出招制敵的火候拿捏得不差分毫，對於事情的輕重緩急的判斷她也是恰如其分的，這絕不是一個非理性的人所能夠做到的。

總之，李莫愁懂得什麼時候該採取權宜之計，什麼時候該死纏爛打，懂得按事情的緩急輕重來做出決策，也懂得君子報仇十年不晚的道理。所以在陸展元的婚宴上，雖然她內心的哀慟與忿恨強烈得使她必須以殺人來醫治心靈的失衡，可在沒有把握打敗那個好管閒事的天龍寺老禿驢之前，李莫愁還是克制住了情緒，任由內心的痛苦煎熬著自己。在這一點上，李莫愁與黃蓉也頗爲相似。不過，在讀者的心目中，黃蓉那一點點無傷大雅的邪氣特別招人喜愛，而李莫愁動輒遷怒殺人的邪惡卻是異樣地惹人憎恨。也就是因爲這樣，所以無論李莫愁與黃蓉有多少相似之處，人們都永遠不會將她和黃蓉相提並論。

當然，李莫愁的處事哲學裏也透著矛盾的一面，這取決於她內心世界的矛盾情結。我們知道，李莫愁是狠辣的，是招人厭憎的，但同時她又是受害者，讓人在厭惡的情緒之外又平添了一種不由自主的憐惜與同情。於是李莫愁曾經有過的溫柔天性，在怨毒成仇的間隙就會不由自主地抬頭，並由此導致了她在處事方面的矛盾——

李莫愁的言行給人總體的感覺是出手雖毒，但談吐舉止卻是斯文得體，她的外表完全和那些大戶人家出身，出家帶髮修行的小姐們沒有什麼兩樣，所以當李莫愁住店時，客棧的老闆會很熱情地招呼她「您老人家……」；所以當李莫愁打聽程英與陸無雙的下落時，茶館掌櫃會很熱情地指點程英等人的落腳處。

可到了李莫愁認爲需要的時候，她又能夠完全大違本性，變得污言穢語不絕於耳，一任斯文掃地。比如在酒樓裏遇見楊過、程英及耶律齊等人要救陸無雙時，李莫愁會微微一笑，即刻道：「你亂倫犯上，與師父做了禽獸般的苟且之事，卻在人前師父長、師父短的，羞也不羞？」眼見楊過劍術奇精，就捨棄了從玉女劍法中化出的拂塵招數不用，飛身縱上桌子，右足斜踢，左足踏在桌邊，身子前後晃動，飄逸有致，直如風擺荷葉一般，依舊笑吟吟的道：「你姘頭有沒教過你這一手？料她自己也不會使罷？」當楊過一怔，怒道「什麼姘頭？」時，李莫愁仍然笑道：「我師妹曾立重誓，若無男子甘願爲她送命，便一生長居古墓，決不下山。她既隨你下山，你兩個又不是夫妻，那不是姘頭是什麼？」當時楊過被氣得大怒，豈料這正中李莫愁下懷，於是她手中不住出招，而口中則不住出言諷刺，繼續往火上澆油：「你這輕功不壞啊！你姘頭待你果然很好，說得上有情有義。」

從表面看，李莫愁是因爲擔心小龍女窺伺在側，若是突然搶出來動手，那就只怕要難以抵擋，是以污言穢語滔滔不絕，想要罵得小龍女不敢現身。但究其根本，又恐怕是內心深處那個受盡了感情創傷的怨天怨地的「李憂愁」在作怪。她的怨恨以及長久以來的心理不平衡，使得李莫愁沒法接受那個事實，那就是那個她李莫愁渾沒放在心上、一直住在終南山古墓裏與世隔絕的師妹小龍女居然得到了全天下最重要的兩件東西：至死不渝的愛情與師門至寶《玉女心經》！於是相應的在李莫愁的身上就不由自主地出現了談吐斯文、言行有禮與言語污穢、斯文掃地的矛盾。

李莫愁是一個癡情的人，雖然她不至於像金庸先生的另一本著作《天龍八部》中的那個王夫人阿蘿一樣，因爲自己不幸被情人段正淳拋棄而變得特別喜歡管其他人的閒事，以至於常常讓自己的婢女抓了那些在外面有情人的男子，以性命作爲要脅，逼得他們停妻再娶，顯得十分荒唐和可笑。可李莫愁在她的行事中也表現出對有情人的那麼一點欣賞和格外的垂青。例如武氏兄弟因爲母親武三娘當年爲了救丈夫，間接中了李莫愁的冰魄銀針之毒而死，所以一直把李莫愁視作是殺母仇敵。而以李莫愁一向的狠毒無情，客棧老闆一聲討好的「老人家」猶自惹翻了她，落了個拂塵底下冤死的下場，何況是李莫愁的仇人？可就因爲武氏兄弟對郭芙一往情深，當武氏父子聯合起來要爲妻爲母報仇時，李莫愁卻一反她平素殺人不問緣由只求快意之行徑，意外地說了一句：「兩位小武公子，適才見你們行事，也算得是多情種子，不似那些無情無義的薄倖男人可惡。瞧在這個分上，今日饒你們不死，給我快快去罷！」雖然武氏兄弟以一句「賊賤人，你這狼心狗肺的惡婆娘，憑什麼說多情不多情！」擋回了李莫愁的好意，但以李莫愁一向的行事，這一句「饒你們不死」也算是難能可貴了。

可在楊過與小龍女這對人世間難得的有情人面前，李莫愁卻不似她對武氏兄弟這樣的仁慈，相反的卻一再與他們爲難。這其中固然夾雜著李莫愁對於《玉女心經》那種自少女時代起就有的嚮往之情，以及「情變」之後的一種補憾心理，但不可否認，比較的心態一直貫穿著李莫愁與楊過、小龍女的交往。在李莫愁看來，自己與小龍女師出同門，又同樣的美貌，而自己更比小龍女多了一種追求感情的熱忱，甚至在魚與熊掌不可兼得的境況之下，她還曾堅決放棄了《玉女心經》而選擇感情作爲自己生活的全部。可結果竟是小龍女不費吹灰之力占有了應該爲自己所得的《玉女心經》，甚至還幸運地得到了自己曾耗費整個生命去追求卻不得的愛情。於是她眞的無法讓自己理智地面對小龍女與楊過的感情了！因爲在她面對楊過與小龍女這段經歷著不斷的考驗但始終堅貞不渝的愛情的同時，實際上面對的是自己在愛情上的徹底失敗。李莫愁絕對無法忍受這分諷刺和譏嘲，她無法與小龍女、楊過講同門之誼，她不可能與他們眞正的和平共處。

但小龍女與楊過的這段感情又是古墓派三代女人中唯一一段由男女雙方共同發生發展，並且又是男女雙方都願意攜手共同面對生活之嚴酷考驗的愛情，所以李莫愁同時面對的還有：一旦她斬殺了這段感情，也就是斬殺了自己所追求的情感生活的最高境界。這在李莫愁心中構成了一個矛盾：面對楊過與小龍女這段被她羡慕至極，同時又是被她嫉妒至極的愛情，她究竟應該如何自處呢？

與青年楊過在古墓初次見面時，李莫愁驚聞師妹小龍女已將斷龍石放下，大家都要被困死在這個不見天日的古墓裏，於是對生的依戀與對死的恐懼使得李莫愁急於尋找逃生之路，而忽略了對楊過其人的了解，也因此能夠不帶一點感情地對楊過狠下殺手。就像她爲了給嬰兒哺乳可以隨手殺死一個無辜的村婦一樣，此時的楊過對李莫愁來說只是一個可有可無的生命罷了。可到後來，她聽聞江湖傳言，知道楊過竟然拒絕了名揚天下的郭大俠與丐幫幫主黃蓉的女兒，堅持逆倫之戀，執意要迎娶小龍女爲妻時，我們可以想象李莫愁當時內心巨大的震動：

想當年，陸展元爲了一燈大師徒弟武三通的養女何沅君尚且能夠拋棄自己，可現在楊過拒絕的卻是人人求之不得的桃花島快婿的寶座！於是「楊過」這個名字在李莫愁的心裏開始一點一點變得不一樣了，她覺得楊過用自己的行動證明了他是一個世上少有的癡情男兒。

同時，更因爲我們前面所說的，李莫愁與小龍女之間所存在著種種相似，所以李莫愁在面對小龍女與楊過的這段感情時，不可能像面對武氏兄弟對郭芙的癡纏那樣讓自己置身事外。相反，小龍女在感情上的每一點成功與進步都折射出了李莫愁自己的失敗，於是這必然地會造成李莫愁與小龍女、楊過的交惡。所以，在《神鵰俠侶》裏，古墓派內部曾不止一次爆發內訌。因爲正是李莫愁內心的矛盾造成了她對天下的癡情人抱有好感，但在面對眞正的癡情人時，也即同出於古墓派的小龍女與楊過時，卻時時有攪局的惡行。

最後，我們不妨稍稍提一下，李莫愁一方面從來不怕別人說她行事狠辣，甚至還爲此沾沾自喜，可另一方面，她又很好面子，在徒弟面前不願說出自己鎩羽而歸的事。這種與好強、自負性格聯繫在一起的處事方針深深影響到了李莫愁的一生。我們完全可以想像，李莫愁在情感生活中也是同樣的好強同樣的自負，於是她的感情悲劇的發生也就完全不能避免了。

換言之，李莫愁的悲劇也許不僅僅是一個愛情的悲劇，而且還是一個性格的悲劇。

李莫愁的人生哲學

人生觀篇——我欲與君相知，長命無絕衰

眾所周知，作為個體的人，總是處在與社會群體或他人的交往之中，他們透過相互交流建立一定的人際關係，從而形成了某種人格特點，並在此基礎上產生了形形色色的社會心理現象。而這些社會心理現象又反過來影響人對這個世界的看法。所以我們說，一個人的人生觀的形成不是孤立的，而總是在經過了一段較長時間後才養成的，而其人生觀一旦養成就會影響到這個人的處事、情感等一系列的活動。當然一個人的人生觀也不是孤立不變的，它會受生存方式的變化、經歷的發展等一些時刻發生在個人生活中的事件與變故的影響，從而發生相應的改變。此外人生觀的形成還受個人性格的一定影響。

李莫愁的人生觀的形成與發展同樣離不開上面這些因素的影響和制約。透過對李莫愁有關經歷的追溯我們知道，少女李莫愁有相當長的一段時間是生長在一個與世隔絕的地方，即終南山的一座古墓裏。現代生理學研究表明，十二歲至十八歲是人的青春期，這一時期對人的性格與人生觀的形成具有極大的影響作用。根據現代西方著名心理學家埃里克森關於人格形成與發展的自我發展理論，我們知道這是人一生中用來獲得同一感而克服同一性【注二】混亂的階段，這一階段的核心任務是自我意識的確定和自我角色的形成。

而李莫愁的這一關鍵時期是在活死人墓裏度過的，她既然沒有年紀相似的小夥伴，也就談不上什麼合作精神及人際交往的發展。而在日常生活中與她朝夕相處的師父等人，因爲本身就是離開人群前來古墓避世的，在她們的性格中本就存在著較大的不合群性與孤獨感，也就是說李莫愁的師父以及孫婆婆都是社會化失敗的人。雖然李莫愁十歲以前的童年是在正常的環境裏度過的，而李莫愁在古墓的歲月裏也一直渴望著融入山下的滾滾紅塵。但環境對人造成的影響，一方面是不知不覺的，而另一方面它又是不容人抗拒的，所以只要李莫愁還生活在古墓裏，無論她的主觀想法怎樣，客觀上她都不得不受到環境的影響，並在許多方面相應地發生改變。

後來雖然經過李莫愁的主動努力，她終於離開了古墓這個相對狹窄的小「社會」，而進入到山下那個更廣闊的人類社會中，但不容否認的客觀事實是：李莫愁已經被古墓生活窒息了她對山下大社會的適應能力，所以在介入這個大社會之初，李莫愁就表現出較強的不合群性。而現代心理學研究告訴我們，這段時間對一個人的性格與人生觀的形成具有相當重要的作用。當然正如現代心理學家對那些自小就生活在狼群、鹿群等脫離人類社會的自然環境、後來又因爲機緣巧合而重回人類社會的孩童們的研究所表明的，這一時期所形成的影響幾乎是終生不滅的。當然李莫愁比他們幸運，她自小在人群中成長的經歷爲其以後重返人類社會提供了可能，而與她一起生活的師父、孫婆婆等人也畢竟是人類而非獸類。但無論如何，古墓的閉鎖生活還是嚴重地影響了李莫愁的一生。

我們必須注意一個事實，那時就是李莫愁出墓時，正處於她的成年早期【注二】，這是心理學上人格發展的一重要個階段。在這一時期，一個生活在社會中的人必須建立家庭生活以獲得親密感，而最終目的是以此手段來避免孤獨感【注三】。

在孤寂的古墓裏長大的李莫愁，生平最大的人生理想就是擺脫祖師婆婆與王重陽悲劇性的愛情模式，找一個能夠彼此相許的有情人共度一生。所以當她發現楊過願意爲了小龍女而死時，雖然李莫愁此時因爲要奪取《玉女心經》而把小龍女視作了最大的障礙，甚至不顧同門之誼要殺死唯一的師妹，但聽到這裏還是忍不住感歎道：「師妹，你當眞有福氣！」而楊過對小龍女所說的那句「咱倆直到老了、頭髮都白了、牙齒跌落了，也是歡歡喜喜廝守不離」，更是李莫愁等了一世希望能夠從陸展元口中聽到而卻始終未能聽到的。

所以，對於李莫愁來說，她的人生觀的最主要的組成部分就是對理想感情的追求，換言之，我們甚至可以說正是李莫愁對情感世界的追求構成了她內心世界的絕大部分。同時也是對於感情世界的追求極大地耗費了李莫愁的生命能量，從而限制了她在其他方面的發展，否則，以李莫愁的資質，她的發展應該遠遠不止她現在所擁有的一切。

李莫愁的人生理想非常簡單：找一個愛我且被我所愛的人廝守一輩子。而她一生最想要的就是「易求無價寶，難得有情郎」式的如意郎君。但事實上我們知道，李莫愁這一生中唯一的一次戀愛是以慘痛的失敗而告終的。於是非但避免孤獨感的目的沒有達到，反而在李莫愁的內心更增添了不少痛苦的感覺。於是李莫愁的一生最大的感受就是那種她一直想要擺脫、但又一直擺脫不了的孤寂感。

我們說李莫愁的世界是孤獨的，在她的意識裏最多的是「我」，而非「我們」，同樣，李莫愁考慮更多的是「我要怎樣」，而非「我們要怎樣」。所以當師父把《玉女心經》傳給小龍女時，在李莫愁看來那自然就是偏心；而她更無法忍受的是陸展元對她的背叛。這段時間我一直喜歡在靜夜裏研讀李莫愁，有時心頭竟會湧上這樣的懷疑：李莫愁這十幾年來一直對陸展元表現得非常執著，那究竟是因爲陸展元是她心目中唯一的好男人，還是因爲陸展元主動放棄了她？這是否就像對那本《玉女心經》，因爲她一直得不到，也就一直念念不忘？

也許是因爲李莫愁自十歲起就失去了與親人之間正常且必要的感情聯繫，而在古墓的生活中，師父又沒能塡補上李莫愁內心的這塊空白，古墓派的泯滅七情六欲的內功心法更是強烈地影響了李莫愁人格的正常發展和建立，於是自然而然地造成了李莫愁在自我價値觀方面的消極人格，也即貪婪型人格。現代心理學研究表明，具有貪婪型人格的人存在著對讚揚與感情的極度需要，因此他們常按著能給自己帶來讚揚的方式去行動，而他們的表達感情的方式也因爲自身對感情的極度需要，而變得占有欲十足，可以使身邊的人覺得窒息。一般的人自然無法忍受這種窒息的生活，於是常常選擇了遠離他們，逃避窒息型的生活，而這，又往往是造成貪婪型人格的人更加貪婪的原因。

新精神分析學派認爲，沒有受到父母足夠的愛、接受與表揚的兒童趨向於發展一種貪婪需要的範型——極度需要感情和讚揚，渴望力量，而李莫愁則恰恰是這類人！一般人的人生理想往往由兩大要素構成：事業與愛情。可我們發現，古墓派的女人們幾乎從不對事業抱什麼太大的興趣：林朝英可以爲了情場失意而拋棄了江湖上的一切名利，專心幽居古墓，以求在精神上達到與王重陽的結合；而李莫愁也可以爲了一段還不知在哪裏的感情，拋棄了確實已經在眼前的武學秘笈《玉女心經》，後來的情場失意更使其自絕於人群自絕於社會，十幾年中雖然身在江湖可她的心卻一直淡漠著江湖上的地位紛爭。即使是《玉女心經》，對李莫愁來說也只是一種補憾以及自保的需要，再加上她心中一直以古墓派大弟子的身分自居，所以想要得回《玉女心經》是完全可以理解的；而更絕的是小龍女，她什麼都不懂，甚至居然不知武林盟主爲何物——這無疑說明小龍女作爲古墓派的第三代掌門人和她的兩個前任一樣無意於江湖霸業，換句話說就是，其實，對名利的淡忘從一開始就是古墓派的傳統或言宗旨，就像古今中外許許多多的女人那樣，她們是輕事業而重愛情，或言是將愛情看作事業的。李莫愁也不例外。

話說古墓的生活極大地破壞了李莫愁的社會化進程，使得以後在江湖的十多年裏，李莫愁始終沒能眞正融入到江湖人之中。所以她在江湖上待得越久，心裏就越有一種疏離感，眼裏看到的是人群的熱鬧，可在李莫愁的內心世界裏她看到的卻只是自己的孤寂，所以李莫愁在情感上的貪婪勢必與日俱增。可是隨著她的名頭越來越響，隨著她的種種毒辣手段的橫空出世，即使是李莫愁一手養大的洪凌波也覺得師父可怕而不可親，所以洪凌波的命雖然是師父救的，可她在日常生活中反而更趨向於同情師父的敵人陸無雙。試問，連自小由李莫愁養大的洪凌波都認定李莫愁可怕了，又何況別人呢？

李莫愁，她因爲需要愛而與陸展元在一起；因爲需要打破孤寂而先後收了洪凌波與陸無雙爲徒；因爲想要借力奪得《玉女心經》，而與黃蓉等人結伴而行……而最後他（她）們都離開了李莫愁，這也是李莫愁一生孤獨的寫照。唯一眞正對她好的師父，最後是間接死在自己手裏的，以李莫愁的脾性，當然只能以師父的「偏心」來作爲自己不內疚的唯一藉口了。

雖然李莫愁的唯一一次戀愛以失敗告終，而且這次戀愛耗盡了李莫愁幾乎全部感情的能量，使得她以後再也沒有情緒沒有心情，同時也是再也沒有氣力來考慮接受下一次戀愛了，更甭提讓她再一次主動追求一場新的戀情了。可這種在感情上執著追求的人生態度作爲李莫愁的一種處世風格，並沒有從李莫愁的身上消失，相反，它伴隨了李莫愁的一生。

在李莫愁的身上，我們可以看到不少對於南宋時的女子而言還是相當前衛的東西，比如李莫愁不但在江湖上拋頭露面，而且還居然敢大鬧陸展元與何沅君的婚禮。這些都是當時那個時代的絕大部分女子不但不敢做，甚至是連想都不敢想的事情，可李莫愁有賴於一直生活在與世隔絕的古墓裏，因此渾不知古墓外的世界，所以不但做了，而且還做得驚天動地。可同時，在李莫愁的人生觀裏仍然有著相當傳統的東西，比如她對貞潔的看法，又比如她的從一而終，比如她認爲楊過和小龍女師徒相愛是大逆不道，這些無不是當時的主流社會所拚命鼓吹的道德律條。而李莫愁的師妹小龍女受這些觀念的影響相對來講就淡得多了，原因自然也是要著落在她們師姐妹進入封閉的活死人墓的年齡的區別之上。

在林朝英的遺訓裏，古墓是不允許男人進入的，甚至古墓外的林子也不允許男人跨入半步，否則就是觸犯了林朝英當年與王重陽定下的規矩，古墓派的人可以殺無赦（當然事實上，殺無赦的事情並沒有發生，全眞教唯一被小龍女的玉蜂螫死的道人趙志敬是死於重陽大殿之上，而罪魁禍首也該是老頑童周伯通）。可小龍女卻收了楊過爲徒，當然其中也是因爲種種波折，最重要的是孫婆婆以十幾年的養育之恩相威脅，而在孫婆婆這位老人的眼裏更多的是因爲既憐楊過孤苦又憐小龍女寂寞，想要趕在自己臨死時爲他們各自找到伴兒——當然這是題外話了。重要的是這說明小龍女畢竟還是能變通師祖遺訓，從權處理一些事情的。可李莫愁就不同了，她在古墓裏一見到自己的師姪楊過，首先就冷冷地質問：「這人是誰？祖師婆婆遺訓，古墓中不准臭男人踏進一步，你幹嘛容他在此？」這時發話的李莫愁儼然是以古墓派嫡傳首徒的身分出現的，然後她一出手就是頗厲害的招數，存心要打得楊過筋斷骨折不可。此時又見楊過居然以古墓派的武功閃了開去，於是又厲聲問道：「師妹，這小賊是誰？」因爲在她的邏輯裏，楊過是個男人，而又竟然會古墓派的武功，那自然毫無疑問就是小偷了。

所以，李莫愁雖然因情場失意而心性大變，變成了江湖人又恨又怕的魔頭，可另一方面，李莫愁又是嚴格恪守著她做人的基本觀點，即情感貞潔觀。雖然李莫愁可以只因爲心中的不痛快而舉手殺人，可正如她在生活上有潔癖一樣，李莫愁同樣也有情感上的潔癖，所以她一直牢牢據守著自己的貞潔。她雖然出手殘暴，任性橫行，不爲習俗所羈，但她在江湖上闖蕩多年，確實始終守身如玉，保持處女之身，並沒有因爲情感上的失意而變得自暴自棄，像很多失意之人那樣瘋狂地用肉體的快感掩飾精神的麻木，肆意糟蹋自己。

正是因爲李莫愁這種傳統的貞潔觀，所以她在發現小龍女與楊過共處一座古墓時，她第一個念頭就是要看看小龍女的守宮砂還在不在。所以小說裏才有了這樣的文字：

「李莫愁大是奇怪，搖頭道：『師妹，我瞧瞧你的手臂。』伸出左手輕輕握住小龍女的手臂，右手捋起她衣袖，但見雪白的肌膚上殷紅一點，正是師父所點的守宮砂。李莫愁暗暗欽佩：『這二人在古墓中耳鬢廝磨，居然能守之以禮，她仍是個冰清玉潔的處女。』當下捲起自己的衣袖，一點守宮砂也是嬌豔欲滴，兩條白膀傍在一起，煞是動人。不過自己是無可奈何才守身完貞，師妹卻是有人心甘情願的為她而死，幸與不幸，大相逕庭，一想到此處，不禁長長歎了口氣，放開了小龍女的手。」

至此我們已經可以看到，無論是李莫愁還是她們的師父，其實都是相當重視女子肉體上的貞潔的，所以師父會在徒弟的手臂上點上代表貞潔的守宮砂，而師姐則以守宮砂的存在與否來查看師妹的行爲是否踰矩。雖然林朝英與李莫愁都是當時社會女性中的佼佼者，但遺憾的是她們都有那麼一點歷史的局限性，在貞潔方面的在意和執拗，其實也體現了她們身上仍存在著封建的從一而終的觀念，正是這種觀念導致了她們窮一生之光陰爲一個男子的負心而任生命之花枯萎凋零，即使在她們的內心深處知道這個人絕不可能爲了自己而回頭，可她們的人生觀念已經使得自己回不了頭了——這其中固然有社會的原因，也有她們自身的原因。林朝英是無可奈何才入墓幽居的，她非常想要達到《玉女心經》所載的那種平靜無欲，可實際上是達不到的，於是她唯一能管住的，不過是自己的身子罷了；至於李莫愁也是如此，明知心未死，卻苦苦束縛著自己的身體，以保持可憐的自尊和自憐。她們二人都因爲在人類大社會的那些日子裏潛移默化地接受了太多有關社會道德規範的東西，所以她們跳不出社會給女子劃定的圈子，自覺自願地作繭自縛，直到生命的終點。

如果按照這樣的觀念來安排《神鵰俠侶》的情節，那麼小龍女應該嫁的就不該是楊過而該是尹志平了。當然我們知道小龍女與楊過歷盡了艱苦最終是在一起了，這其中固然有楊過的癡情在起作用，小龍女那種眞正地未被社會所影響，從而在貞潔觀方面沒有她的師長那種近乎於鑽牛角尖的狹隘，才是從根本上挽救了她與楊過之愛情的原因。否則，小龍女早在得知眞相之時就該因羞憤而自裁了。

正因爲在李莫愁心底存有這樣的貞潔觀，所以在李莫愁的心目中，這失了貞潔是第一等的大事，罵一個女人失貞就是最大的侮辱了。於是在酒樓裏，李莫愁因爲擔心小龍女會出來與自己爲敵，就決定先罵得小龍女不敢出現，而她所挑選的自然就是那些自己認爲最爲厲害的詞語，諸如：姘頭、苟且之事等等。也是因爲如此，在襄陽城搶奪嬰兒時，李莫愁用來諷刺楊過的話就是「好一個冰清玉潔，只是臂上的守宮砂退了」。

雖然李莫愁認爲「易得無價寶，難得有情郎」，而似楊過這等情深義重的男子是普天下都難找到第二個的，可同時李莫愁仍然是心狠手辣的，所以與郭芙等人進入古墓後，李莫愁仍對楊過這個她一生都找不到的癡情男子狠下殺手。

李莫愁與她的祖師婆婆林朝英都想嫁給自己心儀的那個男子，但終於誰都沒能把自己嫁出去，所以李莫愁忍不住稱讚新娘美貌，新郎有福氣時，用的居然是「歎」這個動作。

當然李莫愁人生最大的理想，即情感理想，並沒有因爲她一生的不順利而徹底地消亡，相反它仍然存在於李莫愁的思想中，等待著機緣的降臨，只是掩藏得比正常時更爲深沈罷了。所以在襄陽城裏，當李莫愁加入了楊過、小龍女與金輪法王之間的混戰時，雖然她懷抱著一個才剛出生的、可愛而又極其無辜的嬰兒，李莫愁還是可以毫不猶豫地用這個小生命去擋金輪法王的凌厲攻勢，且絲毫不覺得慚愧。而後來她養育嬰兒，最初的動機固然是「雖然小龍女說這不是她的孩子，但見楊過死命來追，料定這個嬰兒定是小龍女與楊過的孽種無疑，所以一心以為只要挾持嬰兒在手，不怕小龍女不拿師門秘傳的《玉女心經》來換。」可不久，嬰兒那天眞無邪的可愛小臉就開始影響到李莫愁，殺人不眨眼的女魔頭竟開始為「莫要吵醒孩子」而轉念頭了。

這時的李莫愁雖然仍在作惡，比如為了給嬰兒餵奶，殺了無辜的村婦還燒了房子，但在她的內心深處，一些本來以為已經永遠不會再有的美好的東西開始甦醒了，她的人生理想中緊隨著做個「賢妻」情結的「良母」情結被小郭襄喚醒了。她悉心地撫養郭襄一月有餘，其間竟忽然生出了即使小龍女拿《玉女心經》來換，也不一定肯把孩子還給她的念頭。後來李莫愁不愼著了黃蓉的道兒，被迫在保自己還是保孩子之間做出選擇，她這個為了自己活命甚至可以犧牲徒弟的女魔頭，居然在「殺自己還是嬰兒」之間猶豫了一下，令黃蓉也對她生出了些許好感，改變了殺李莫愁為江湖除害的初衷。後來，李莫愁甚至自願幫助黃蓉去找回女兒，簡直叫人有太陽從西邊出來了的感覺，當然，由此也就多了一分對李莫愁的同情。

雖然李莫愁幫黃蓉找回自己女兒的好心，在不久之後就變作了利用黃蓉等人奪回《玉女心經》的險惡居心，但這李莫愁人生中的亮點還是不容我們抹殺的。所以我們完全可以這樣假設，如果命運不是這麼苛待李莫愁的話，她完全有可能會實現自己的人生理想。當然前提條件是我們的社會不存在一個叫「偏見」的東西。

所謂「偏見」，是人們不以客觀事實爲根據所建立的對人、對事的態度。在這種態度裏往往是認知的成分較少，而情感的成分居多。正因爲受感情因素的影響，所以懷有偏見的人對人對事的看法往往就不那麼公正，雖然在理論上偏見有正面偏見和負面偏見之分，可在我們的一般認知裏偏見都是負面偏見。

一個懷有偏見的人常常有暈輪效應的傾向，即所謂：「抓住一點，不及其餘」。如果你喜歡某一個人，那麼就會認爲他什麼都好，十全十美，稱心如意；如果不喜歡一個人，那麼也就會把他看得一無是處，一錢不值。

偏見含有先入爲主的判斷，人們往往在瞭解到更多的客觀訊息之前就過早下結論，並由此判斷一個人的行爲，以及由此作爲出發點來判斷一些其他的甚至還沒有發生的事。在以故事情節取勝的小說裏，「偏見」通常被用來營造人物角色之間的誤會，從而推動故事情節產生戲劇性的發展，最終達到調動讀者閱讀興趣的目的。

在《神鵰俠侶》裏，縱使李莫愁的作惡有許多的原因，但有一點是絕對肯定的，即李莫愁確實是一個女魔頭的形象；縱使李莫愁有許多地方都值得讀者同情，但這不能抹殺掉在李莫愁的性格中占絕大多數分額的黑暗面。可同時我們也應看到，偏見的暈輪效應也在一定程度上影響了李莫愁的人生。在這裏，我們就姑且以在故事開端，丘處機向郭靖介紹終南山這場劫數的由來時，說的一席話稍加分析作爲本章的結束吧：

「……原來她們師父教了李莫愁幾年功夫，瞧出她本性不善，就説她學藝已成，令她下山。（天哪，這是哪來的誤會？丘處機連古墓外的林子都進不去，哪裏能夠揣度李莫愁師父的心思？）……待師父一死，（李莫愁）就藉弔祭為名，闖入活死人墓中，想將師妹逐出。她自知未盡得師祖、師父的絕藝，要到墓中查察有無武功秘笈之類遺物。（要說李莫愁想要《玉女心經》確實不假，可說她想將師妹逐出古墓，可真是冤哉枉也！筆者估摸著那丘處機是一定站在王重陽的一貫立場上發表這些言論的，即身在方外、心在紅塵。其實丘處機對古墓派的瞭解不過是從王重陽那裏揀來的二手貨，他老人家還要不管不顧地加上自己的主觀臆測，怎麼會不出偏差呢！）……」

注一：

埃里克森的理論認爲，所謂同一性是指青少年對自己的本質、信仰和一生中的重要方面前後一致及較完善的意識，也即個人的內部狀態與外部環境的整合與協調一致。在這一階段中，青少年對周圍世界有了新的觀察與新的思考方法，他們經常考慮到自己到底是怎樣一個人，他們從別人對他們的態度中，從自己扮演的各種社會角色中，逐漸認清自己。此時，他們逐漸疏離父母，從對父母的依賴關係中解脫出來，而與同伴建立親密的友誼，從而進一步認識自己，認識現實的自己與理想的自己之間的關係。（參見時蓉華著、張春興主編：《社會心理學》。臺北東華書局，一九九六年繁體字版。或杭州浙江教育出版社，一九九八年簡體字版。）

注二：

埃里克森的理論認爲從十八歲到三十歲爲成年早期。（資料來源參見上注）

注三：

埃里克森的理論認爲，所謂親密感指的是人與人之間的親密關係，包括友誼與愛情。至於獲得親密的生活意義，就在於個人能與他人同甘共苦、相互關懷。如果一個人不能與他人分享快樂與痛苦，不能與他人進行思想情感的交流，不相互關心與幫助，就會陷入孤獨寂寞的苦惱情境中。（資料來源參見注一）

李莫愁的人生哲學

外一章——人間自是有情癡

在《神鵰俠侶》中，愛情影響了李莫愁一生的命運，如果不是當初陸展元拋棄了李莫愁，就不會有李莫愁十年之後的尋仇；如果不是李莫愁心懷奪郎之恨，亦不會有楊過與歐陽鋒的相逢；如果沒有楊過與歐陽鋒的這段淵源，也不會有楊過與小龍女的相知相戀，更不會有楊過、小龍女離開古墓進入花花大世界的這番紅塵閱歷，《神鵰俠侶》的故事似乎也將無以附力……

在《神鵰俠侶》的世界裏，「情」這個字，不但影響了李莫愁的一生，同樣也影響了古墓派幾代的女人們。這些容貌姣好、武功傲人、熟知音律，在感情一途上更是專一得不復他顧的好女子們，在感情的波波折折中，或一世幽居古墓，或成爲魔頭煞星，或受盡了十六年思念與等待的煎熬而執著不悔。

其實放眼江湖，不獨是古墓派的女人如此，我們生活在紅塵之中的普通人、平凡人也一樣不可避免地爲情所困、爲情所苦、爲情而執著不悔。我們常常在自己的情感世界裏受盡了熬煎，爲感情所繫的那一半失去了自己心性的平凡態，或喜，或怒，或憎，或悲。

在我們結束對李莫愁這個人物的體悟之前，讓我們在觀照李莫愁這個核心人物的同時，更進一步將眼光稍稍放開，共同關注《神鵰俠侶》之內以及之外的世界，截取漂流在愛情多「惱」河上的那一葉葉扁舟吧——

1.黃蓉（金庸《射鵰英雄傳》、《神鵰俠侶》）

黃蓉與李莫愁同樣是《神鵰俠侶》裏的人物，其中黃蓉這個形象我們更可以追溯到《神鵰俠侶》的前傳《射鵰英雄傳》。當然黃蓉與李莫愁不同，李莫愁是一個被金庸先生那枝筆所貶斥，但同時又爲先生所不由自主地報之以同情的這麼一個人物，而在集作者讀者的三千寵愛於一身的黃蓉身上，則散發著一向陽盛陰衰的武俠世界裏少有的智慧女性的光彩，這光彩是那樣的耀眼，簡直是將我們《射鵰英雄傳》的第一號男主角——郭靖都比下去了，而且穩穩地坐上了武俠世界第一女明星的寶座。

單個地看，黃蓉與李莫愁似乎相差頗大，無論是從小說篇章的分量還是人格的魅力二者都無法相比，但有趣的是當我們將這兩個人物形象放在一起時，我們會發現第一好女人黃蓉與第一壞女人李莫愁之間居然有一些有趣的巧合。

◇個性乖僻

巧合之一是兩人雖然正邪有別，但黃蓉與李莫愁在個性上同樣有乖僻的一面。

黃蓉是桃花島主黃藥師的女兒，而黃藥師則是江湖上有名的黃老邪，身上有一些邪氣，有許多常人無法理解的種種怪異之處。而作爲黃藥師的寶貝女兒，黃蓉在這方面的遺傳亦相當了得，我們早在《射鵰英雄傳》裏就親眼目睹了她的許多此類壯舉。而李莫愁行爲的乖張既有情變之後的人性失衡，也有她自娘胎裏帶出來的古怪。不同的只是，黃蓉最終是被社會大環境消磨了自幼在桃花島上養就的臭脾氣，在郭靖的英雄大業裏成就了自己襁褓喪母後對於賢妻良母的渴望；而李莫愁則是在一連串的不順利中將自己的乖張變本加厲，最後鬧得天怒人怨，只得以死謝罪退場了。

◇對感情積極

巧合之二是有別於南宋社會的一般女性，黃蓉與李莫愁在愛情上都屬於積極進取型。

黃蓉與李莫愁一樣，從小生活在與世隔絕的地方，只是一個是生活在海外孤島之上，而另一個則是生活在山中古墓之內罷了。她們同樣渴望人群，於是都離開了自己慣常生活的「世外桃源」，轉而投奔到世俗人間，並且都遇上且愛上了一個男人。所不同的是相較之下黃蓉顯得比較聰明，她所選中的男人郭靖不光外表不漂亮，而且舉止也談不上瀟灑，故而人氣不旺。再加上既笨且迂，於是不但腦筋動不過黃蓉，講起道德規範來更是口齒伶俐的黃蓉之手下敗將，當下被黃蓉拿捏得服服貼貼的。而郭靖不旺的人氣也不至於招致太多的女人垂涎，要知道雙手敵不過四拳，好漢敵不過人多嘛，嬌滴滴的黃蓉經不起愛人今朝牽掛穆姑娘、明天和華箏公主敍敍舊情，更哪堪再多幾個張家小姐或王家千金？那還讓人活不活了？所以黃蓉當然選擇「保險係數」最高的郭靖啦。

其時雖然黃蓉出道尚不久，但她卻入世頗深，所以她深深懂得搞好親友團工作的重要性，於是將他們當成是一生幸福的護身符，孜孜不倦地追求他們的認同，縱被誤會無數次還是不斷的奮起，終於將柯鎮惡與丘處機等一干人搞定，父親黃藥師也終於承認了郭靖乘龍快婿的身分，甚至還把苦心經營多年的桃花島讓給他們小夫妻作愛巢（當然不可否認歐陽鋒與楊康，以及那對可怕的銅屍鐵屍的存在確實帶給了黃蓉不少的痛苦，但就根本來說還是有不少便利可得的，否則上有七個公公的小媳婦可是難當得很噢！當然以黃蓉的聰明機靈也許拎著轉也未可知啦）。

可李莫愁就屬於聰明反被聰明誤的那種了，好挑不挑挑了屬於熱門股的陸展元。這個叫陸展元的男人不但長得好，還能文能武，一派風流瀟灑氣度，說不得是無數閨女的夢中情人嘍。要捍衛這樣的勝利成果當然比黃蓉捍衛對郭靖的所有權困難多了，這樣的人物連黃蓉當年都不敢嘗試，更何況是聰明機變皆比不上黃蓉的李莫愁，腸斷心傷則是早就注定了的。無怪不但陸展元被何沅君以男人最看重的纖纖之姿奪了去不算，自己還賠上了一生的罵名。李莫愁若泉下有知，必定後悔莫名，早知如此初出江湖時就應該先去找黃蓉拜師學藝了。

◇武學成就相當

巧合之三則是在武學上黃蓉與李莫愁的成就在伯仲之間，且兩人同樣一度都不那麼重視武學。

黃蓉調皮跳脫，不喜爲學武而耗費了大好青春，所以才有父女倆爲學武而起的紛爭，但這個家學淵博的桃花島繼承人居然要從九指神丐洪七公那裏死纏爛打地學武功，原來是爲了她的靖哥哥。同樣，李莫愁亦爲了下山找尋情感的歸屬而放棄了得到武林奇學《玉女心經》的機會。

而到了她們均已中年時，二人武功亦在伯仲之間，究其原因則大大不同：黃蓉是因爲嫁了郭靖之後，專心相夫教子，爲夫君的大俠事業犧牲了太多的自我，再加上男女先天的不平等——懷胎和生產耗費了她太多的精力，而那個無意中得來的丐幫幫主之位也實在家大業大，對她拖累甚巨。故而她雖然學會了不少超一流的功夫，但也未必有時間和精力將它們練到超一流的地步。而李莫愁就不同了，她錯失了一次學習超一流武學的機會，且這次錯誤的選擇後來任她無數次想要改正都沒有一絲可能。李莫愁在武學上能與黃蓉匹敵，完全是因爲她有自學自創的精神，用有限的材料做出了盡可能多的菜式，如五毒神掌、三無三不手等。

結論

如果李莫愁的情路不那麼坎坷，或者她不這麼死心眼的話，以其資質，完全可以成爲一代武學宗師，而且機會似乎還比黃蓉稍稍多一些。

2. 裘千尺（金庸《神鵰俠侶》）

雖然絕情谷水仙莊的女主人裘千尺從她在小說裏的第一次出場開始，就已經是一個醜陋的禿頭老婦形象。但俗話說子女乃父母血脈的延續，我們仍然可以從裘千尺與公孫止的女兒公孫綠萼那「秀雅脫俗，自有一股清靈之氣」、「眉目清雅，膚色白裏泛紅，甚是嬌美」的外貌中推知，裘千尺，這位給予了公孫綠萼一半遺傳的女人必然也曾是美麗的。

而裘千尺與李莫愁的相似之處除了美貌之外，還在於她們同樣是十分有本事的女人：

李莫愁是以一個沒名氣又沒靠山的江湖後生小輩成就了古墓派在江湖上的盛名的，這期間雖然有幾分是因她狠辣的手段所收到的廣告效應，但她也算是很有本事了。何況李莫愁還自創了不少武功，使得自己在險惡的江湖中能像莊周筆下那個庖丁一樣，施施然遊刃而有餘也（當然，在楊過等後輩小子出現之後，李莫愁就像坐上股市熊市大滑坡的雲霄飛車一樣，止不住下滑的勢頭，這就不屬我們行文鋪敍的範圍了）。

而裘千尺，正如她常常誇耀的那樣，她是鐵掌幫幫主裘千仞的妹子，不僅有一身好武藝，而且還幫著丈夫想法補全了家傳武學的破綻之處，尤其一套「陰陽倒亂刃法」更是經由她之手變成了丈夫公孫家的武學至寶，在後來幾乎殺得楊過與小龍女無還手之力。

可裘千尺的悲劇也在於她的本領太強了些，而嫁的丈夫又嫌太弱了點，再加上或有本事或有口才的兩個娘家哥哥裘千仞和裘千丈，當下丈夫公孫止被比到什麼地方去也不知道了。卻說裘千尺眼裏看的是唯唯諾諾的「窩囊廢」丈夫，耳裏聽的卻是哥哥們的偉業豐功，對比之下能不生起嫁錯郎、一生誤的感慨嗎？何況此婦脾氣一向暴躁，在婚前尤能因為一言不合，與自己的衣食父母——大哥裘千仞鬧上彆扭，一氣之下就決定了自己的終生大事，何況是這個她打心眼裏就看不起的沒用丈夫？

不過絕情谷家大業大，在與世隔絕的水仙莊作個百把人的太上莊主，雖然比不過大哥在江湖上的威風，但裘千尺也算是滿意了。何況又有個要他東不敢西、要他南不敢北的丈夫，日子倒也過得有趣。可裘千尺萬萬沒有想到，縱使自己馭夫有術，可神仙也難免有打盹的時候，何況她乃肉骨凡胎？於是在裘千尺因為懷有了絕情谷的繼承人而越發洋洋自得之際，一個叫柔兒的俏婢慧眼識得了公孫止這個谷中的大英雄，於是同任何一個得了一點稱讚就得意得不知天南地北的男人一樣，一向畏妻如虎，一聞河東獅吼便將昂藏七尺的男兒身軀抖得如篩糠似的公孫止也開始蠢蠢欲動，終於忍不住就在裘千尺的眼皮子底下天雷勾動了地火。

於是這個會用崇拜的目光看著自己的柔兒就成了公孫止內心的痛，而那個華美的山莊也因為有了母老虎的存在而成了牢籠的象徵。公孫止開始撥打與柔兒作長遠夫妻的如意算盤：絕情谷雖大但也總有個限度，何況谷中裘千尺的耳目眾多，難保偷情不被河東母獅逮個正著，到時就不知下場會是如何之慘了。再加上家中的雌老虎管得嚴，與柔兒你儂我儂之際總嫌時間太少環境太劣。公孫止雖然背叛了與裘千尺的夫妻之情，可悍妻的餘威倒還在，於是公孫止選擇了留下大好基業給裘千尺，而自己與俏婢離開。不料事情做得不密，當下私奔未成反差點見了索命的羅剎！

雖然「全部」的絕情丹被泡在了砒霜水裏，但公孫止還是想法保存了自己的性命，在這場爾虞我詐中唯一被騙光了一切的是那個被愛情玩了一把的柔兒，天眞地以爲情郎眞個兒會追隨她於地下，卻不知有些人天生會爲那副臭皮囊拋卻了禮義廉恥。畢竟啊，活著才有戲嘛，發號施令，關起門來做土皇帝，不是其樂融融嘛！以後幾十年裏公孫谷主的生活就如此愜意得很。有關柔兒那段記憶存在的所有理由就是開脫他的殺妻罪行。

當然，如果老天爺這麼容易就讓人漏網就不叫「天網恢恢」了，於是在公孫止又要用同樣的手法作惡時，就有了〈地底老婦〉那一章，也算是還裘千尺十幾年地底生活的一個公道了。

可李莫愁不同，雖然單就裘千尺的際遇來說，她比李莫愁慘了不止幾倍，但我們反而不如像同情李莫愁那樣同情裘千尺，大概因爲這對夫妻的悲劇多半還是因爲自作孽吧。

結論

對於男人這種生物，另一種生物——女人無法單純地依靠武力取勝，畢竟先天上的差異太大，連聰明絕頂的黃蓉都不敢輕易嘗試，何況裘千尺？當然適當地運用柔功往往會有意想不到的效果，君不見，浩渺歷史長河上多的是因美色而顛覆了男人事業的例子嗎？

而裘千尺的悲劇也不在於她一生都沒有得到幸福，而在於她至死都不明白這個作爲女人都該明白的基本道理——以柔克剛。所以，如果有來生，估計裘千尺仍將會是一個武藝高強的戰敗者。

3. 程英（金庸《神鵰俠侶》）

也許世界上就是有那麼一類女人，她們的語言平平淡淡道來，卻總能讓男人覺得心曠神怡，同樣的一個意思，在她們說來就能收到令男人聽此頓覺高大威猛了不少的奇特效果。這樣的女人，往往讓男人忽略她們容貌如何，而生起此乃人世間難見難得的生平最大知己之感。爲這樣的女人，男人們往往是赴湯蹈火而在所不辭。這樣的女人在《神鵰俠侶》裏有一個名字叫程英。

在楊過眼裏程英說話溫柔體貼，三分慈和中又帶著三分敬重，令人既心安，又愉悅，與他所識的別樣女子全不相同。她不像陸無雙那麼刁鑽活潑，更不像郭芙那麼驕肆自恣。另外，耶律燕是豪爽不羈，完顏萍是楚楚可憐。至於小龍女，初時冷若冰霜，漠不關心，到後來卻又是情之所鍾，生死以之，乃是趨於極端的性兒。只有這位青衫少女卻是斯文溫雅，殷勤周到，知他記掛「姑姑」，就勸他好好養傷，痊癒後立刻前去尋找。但覺和她相處，一切全是寧靜安和，渾沒半點心理壓力。

在《神鵰俠侶》裏有這樣一個細節：楊過要求程英取下人皮面具，程英首先是自謙相貌很醜，然後卻是把話題一轉，說道：「若是我像你姑姑一樣好看，我又幹嘛要戴面具？」當下把個心繫小龍女的楊過喜得極甚，但歡喜之中又不免有些疑惑，因爲他確知這個用人皮面具蒙住了自己臉的青衣少女還沒有見過他的姑姑小龍女，當下忍不住追問：「你怎知我姑姑好看？」程英答道：「我沒見過。但你這麼魂牽夢縈的想念，她自是天下第一的美人了。」楊過接著又歎道：「我想念她，倒不是爲了她美貌，就算她是天下第一醜人，我也一般想念。不過要是你見了她，定會更加稱讚。」雖然其時程英本人也十分傾慕少年豪氣又跳脫不羈的楊過，甚至情不能禁地在紙上寫了無數遍的「既見君子，云胡不喜」。但就在這樣一種情景之下，程英仍舊能夠心平氣和且不動聲色地附和楊過：「定是這樣。她不但美貌，待你更是好得不得了。」

在一起去救陸無雙的路上，程英又道：「楊爺不必客氣，你武功強我十倍，聰明才智，我更是望塵莫及。你年紀大過我，又是堂堂男子漢，你說怎麼辦，便怎麼辦，小女子聽從差遣。」一番話輕而易舉地使楊過覺得心裏眞是說不出的舒服。雖然其時程英因戴著人皮面具而顯得面目可憎，可楊過聽了這幾句又謙遜、又誠懇的話之後，心中不由得想：這位姑娘雖然面目可怖，說話卻如此的溫雅和順，眞是人不可貌相了。溫柔的魅力由此可見一斑。

而其後，程英又說：「完顏姑娘，你是金枝玉葉之體，行事還須三思。我們的對頭行事狠辣無比，江湖上稱作赤練魔頭，當眞不好惹。」「姐姐，你年紀比我大，還是叫我妹子吧。」輕易地就取得了完顏萍的好感。而在行動間更是不疾不徐地跟在完顏萍身後，完顏萍奔得快，她跟得快，完顏萍行得慢了，她也放慢了腳步，兩人之間始終是相距一兩步。在乾糧、水壺等物的配備上更是顯出了獨具之匠心。以楊過那種我行我素的倔性子強脾氣，即使對他的尊長郭靖黃蓉的意見有時也會不以爲然，可唯獨程英的話他還是比較聽得入耳的。所以在絕情谷時，小龍女失蹤，楊過如狂似顚，甚至開始遷怒於黃蓉，只有程英還能和他說上話，勸得他從那只容一人立足的崖上下來。

至此，我們可以作一個假設，如果小龍女已死，而若干年後楊過能夠接受小龍女之外的女人做妻子，再假設公孫綠萼沒有死，郭芙也沒有嫁給耶律齊，那麼在郭芙、郭襄、程英、陸無雙、公孫綠萼等人中間，哪位姑娘最有可能成爲下一任的楊夫人呢？我想必是程英無疑。因爲程英不但人溫柔，且她的語言駕馭能力也足以使與她在一起的男人有如沐春風之感。有理智的男人會知道，娶這樣的女人是對自己最有利的。

寫到這裏，忽然聯想到《紅樓夢》裏的薛寶釵——縱使林妹妹寶哥哥愛得蕩氣迴腸死去活來，可笑到最後的卻依然是寶姐姐，不是嗎？

當然，在《神鵰俠侶》裏小龍女並沒有失敗。因爲十六年的分離雖然讓她遍嚐了相思的苦痛，但也有足夠的時間距離讓楊過一心只記得她的好處。不是有得不到的總是最好的說法嗎？雖然楊過鍾情於小龍女是事實，可楊過以往見到哪位姑娘都要調笑一番也是事實，而正因爲這十六年的分離才大改了楊過的毛病，否則在不知欠下了多少美人債之後，倒難保哪一天他忽然濟世之心大起，來個照單全收呢？要知道最難辜負美人恩啊！

小龍女之所以能夠勝利還因爲她不會吃醋，她不但不吃醋，在絕情谷中，反而頗有意勸說楊過娶公孫綠萼來個二女共事一夫。這固然因爲是小龍女天性單純得如水晶一般，但男女之間的事就這麼奇怪，一心要霸占戀人全部心神的李莫愁反而會遭遇挫敗的命運，而那些大度的女人比如小龍女卻能夠擁有對方全部的注意。當然也許是金庸先生特別憐惜古墓派的女子吧，在經歷了三場悲歡離合之後不忍心讓她們繼續幽居自憐的命運，終於給了她們一個完整的結局，也算是一種補償吧。

不過，程英的運氣沒有前輩何沅君那麼好，因爲她愛上的那個男人不是陸展元那種完全社會化的男人，相反的，在她的意中人楊過的身上還時不時地透著非社會化的氣息。而他在經歷了十六年的大俠生涯之後，在達到了石子屠龍這個英雄事業的頂峰之後，俗世的生活已經不再對楊過構成吸引，於是他攜妻子小龍女最終回歸了古墓，去過隔絕於人世的生活。

結論

像程英這樣的女人實在是男人迷女人敵，如果世上眞有這樣的人物，那還讓不讓別的女人活了？我想乾脆都上斷腸崖去算了。

4.穆念慈（金庸《射鵰英雄傳》）

《射鵰英雄傳》裏分屬配角的穆念慈與李莫愁一樣，都屬於愛上一個男人就至死不渝的典範，所不同的是：穆念慈愛上了站在南宋小朝廷和大漢族主義的立場上看顯然是壞人的小王爺楊康，而李莫愁則愛上了一個堪稱南宋社會典範的青年才俊陸展元，然後卻把自己變成了壞人。

如果說黃蓉嫁給郭靖是一種幸福的話，那麼穆念慈差點得到了這樣的幸福，可結果是街頭的比武招親種下了穆念慈一生愁苦的因，也成就了穆念慈與楊康的一段情。如果再傳統一點，那就是還給楊家一代忠勇留下了一脈根——楊過，扯開去說，也因此才有了我們話說的楊過其人其事以及引出了古墓派的一干女人們。

穆念慈與楊康的愛情起自於那一隻繡花鞋（不知怎麼，楊康作爲一個遊牧民族的小王爺，居然也會和歐陽克一樣，對漢族女子的三寸金蓮有一分莫名的愛好，也眞是奇哉怪也。難道眞的是他的宋人血統在作怪？），這一段經典的會面，使得楊康死了十數年之後，當丘處機提及李莫愁設局「比武招親」云云，浮現在郭靖眼前的竟還是當初發生在中都北京的那場楊康與穆念慈的比武招親。

穆念慈捨郭靖而取楊康，是因爲楊康唇紅齒白、風度翩翩，一開始就撥動了她那少女的心弦，所以還沒開始比武，其實我們的穆姑娘已經芳心暗許，感情的防洪堤早在那裏崩潰了。相形之下，我們的小王爺倒是理智多了，開始只不過是與人比武的癮頭上來了，再加上少年王侯的輕薄成性，如果不是穆念慈對這段感情的執著以及相當一段時間的單方面付出，又加上我們聰明伶俐的小黃蓉生怕有父命在身的穆念慈會搶了她的靖哥哥，趕緊爲他們這段感情推波助瀾，本來這段由單相思而起的感情並不會有對等的發展。

穆楊情緣頗似李莫愁與陸展元之間的故事——男主角同樣的文武全才，同樣堪稱當時青年男子中的翹楚。當然還拜金庸先生所賜，大筆一揮抹去了秦南琴【注二】其人，還穆念慈一段無怨無悔的眞情。正因爲有了這段無怨無悔，所以穆念慈雖然一生辛苦悲酸，甚至因此而早亡，但在我們這些重情重性的好女人們看來，穆念慈的一輩子也總算是不枉了。

當然這段感情免不了以悲劇收場，這其中固然因爲金國在中國歷史的舞臺上必然滅亡的下場，而楊康這個對大金國忠心耿耿的小王爺相應地也只有下課一途。但其實楊康與穆念慈這段愛情的悲劇性還在於：楊康將自己當作是金國的貴冑，而穆念慈則是以大宋子民的後裔自居。穆念慈在其父穆易，即楊康之生父楊鐵心的忠義思想薰陶下，一直有漢族領導一切的思維定勢，於是雖然她心裏愛著楊康的風度翩翩，但又因爲愛之深而責之切，於是一心希望楊康能認祖歸宗，甚至是爲大宋的統一事業作一番貢獻。但她卻完全忽略了：楊康的生父楊鐵心除了給予了楊康生命的一半之外，根本與楊康毫無關係，在這樣的情況下，又怎能要求楊康愛他敬他，更因此來愛宋興宋呢？

本來呢，包惜弱對原來的丈夫一往情深就讓她一往情深去罷，她要跟了楊鐵心去也就罷了。而楊康，你說他貪慕富貴也好，捨不下十幾年的撫育之情也好，就讓他在中都做他的小王爺就是了。誰想偏偏有一心替天行道的丘處機從中作梗，反倒活生生送了楊鐵心夫婦的性命。

而穆念慈心中那分大漢族至上的民族觀念，更使得她沒法接受楊康認賊作父的行徑，其實如果楊康眞的像那個雙槍陸文龍一樣漏夜去投奔了漢家營，那才是大大違背了人性呢！所以楊康既無法眞的沒良心——背叛祖國（指金國）背叛父親（指養父完顏洪烈），就必然地無法滿足穆念慈的要求。同樣的，穆念慈也無法背叛自己的信念，所以無論金國滅不滅亡，兩人的愛情必然只有觸礁一途。其實就愛情來說，楊康的死亡反而成就了他們愛情的不滅，否則以楊康遠遠比陸展元尊貴的身分，面對的誘惑也必然遠遠多於陸展元，誰知道哪天他會忽然變了心，到時穆念慈眞是要無處喊冤了。

結論

穆念慈與楊康的悲劇根源在於他們不同的政治傾向，所以他們的相遇相愛是一個美麗的錯誤，或日是一分錯誤的美麗。

5.何紅藥（金庸《碧血劍》）

何紅藥的愛情故事與李莫愁最有相似性，我們甚至可以說它是一個故事的兩個套拍版本。這兩段發生在不同人之間的愛情故事，大致有以下幾個相似點：

◇癡情自好

相似之一是，在未識心上人之前，何紅藥與李莫愁都是冰清玉潔的好女子。

何紅藥是雲南五毒教教主的妹子，年紀輕輕就掌管教下的萬妙山莊，經管那裏的蛇窟。同古墓派一樣，五毒教不是江湖正宗的名門大派，相反他們是一個以使毒爲其根本的詭異教派。何紅藥是擺夷女子，也許是因爲擺夷族奔放的民族天性吧，她比李莫愁少了點矜持，所以她一旦愛上了夏雪宜，就不顧一切地將身心都給了他。但在這之前，雖然教裏的師兄弟個個對她很好，何紅藥卻也同李莫愁一樣的潔身自好，雖然有些玩性頗重，但仍不失爲一個可人的好女子。

同時，何紅藥所付出的也比李莫愁更多：對李莫愁而言，她受傷最大的是感情與自尊，而何紅藥卻同時在感情和肉體上都遭受了重創。爲了情郎夏雪宜，她寧願身入蛇窟受萬蛇噬咬之苦，甚至被毀去了自己的美貌，甘願由萬妙山莊的莊主變成了必須在江湖上行乞三十年的乞婆。而這一切都是因夏雪宜盜去五毒教的鎮教至寶金蛇劍、金蛇錐與建文帝的藏寶圖沒有歸還而引起的。而更讓人感到何紅藥癡心可鑒的是，在幫夏雪宜盜寶之前，她實際上非常清楚地知道如果事情敗露了自己會有怎樣的下場。當然，如果夏雪宜知道這個獻身於他的擺夷女子原來是在用自己的生命爲他鋪平報仇之路，他是不是就會有些愛她，或者還是依然負心薄倖，就不得而知了。

在這之後，支持著何紅藥活下去的唯一理由就是對夏雪宜的愛，以及夏雪宜對她的愛——雖然事實證明這純屬何紅藥的一廂情願，但夏雪宜必然也曾違心地做過讓何紅藥這樣以爲的明示或者暗示——所以當她好不容易一路行乞找到了夏雪宜，並引開了狠心折磨他的惡賊，且意欲爲情人去找救兵之時，竟意外地得知了令自己心碎的眞相——原來心上人夏雪宜居然從來沒有愛過自己！

◇情場受創

相似之二是，她們的戀人同樣都移情於天性溫柔的女子。

當然和何紅藥版本的男主角夏雪宜比較起來，陸展元對這段感情的誠意還要大一些，雖然最後他的情感發生了遷移，至少他曾經眞心愛過李莫愁；可對夏雪宜來說，發生在他與何紅藥之間的純粹是一種原始的性衝動，在夏雪宜的心裏，這只是一種獲取蛇毒與金蛇劍、藏寶圖等物的手段而已，無論是何紅藥還是別的女人，他全都不在乎，他在乎的只有復仇。

雖然夏雪宜的手段很不光明正大，但無疑相當有效。何況對自幼即因爲溫氏兄弟的惡行而家破人亡，只落得孤身一人逃亡在外的夏雪宜來說，內心的怨毒也不是一般正常人所能夠體會和理解的。在遇見溫儀而被她激發出心靈深處的美好之前，夏雪宜的行爲已經沒法用常理來衡量了。故雖然何紅藥死心塌地地愛上了他，而且願意爲他犧牲自己的性命，但夏雪宜對何紅藥只是逢場作戲的利用心態，不可能投入多少眞情；再之，夏雪宜是一個專情並且相當狠心且驕傲的人，故無論何紅藥愛他愛得怎樣地要生要死，夏雪宜都絕不會讓自己有一點點的勉強，不要就是不要，毫無商量的餘地。

在夏雪宜的感情世界裏，要給就給全部，否則就不給，他沒有多餘的感情來分給何紅藥，同時他也不會爲何紅藥的不幸感到遺憾。在夏雪宜的一生中他已經見多了殺戮，也因此知道人生苦短，所以他絕不會爲了何紅藥的癡情而委屈自己。他和陸展元一樣，選擇了天性溫柔的女子——溫儀的「溫」該是溫柔的意思，而何沅君的「沅」是不是也象徵著她如春江碧水一般的溫婉可人呢？作者給她們取名字的時候不會是沒有任何寓意的吧？我忍不住這樣猜測。

◇愛恨交織

第三個相似之處則是，何紅藥與李莫愁同樣都寄希望於報仇，卻始終無法忘情。

李莫愁與陸展元的恩怨情仇糾纏了十多年，而何紅藥與夏雪宜的情愛糾葛則延續了二十多年，都可謂時光悠悠，影響甚巨。李莫愁迫於天龍寺老和尚的橫插一槓子，不得不答應十年之後再來報仇；不受約束的何紅藥則很早就已經開始爲自己報仇了。不過，何紅藥報仇的目的與李莫愁不同，李莫愁是爲了要洩憤，而何紅藥則是要夏雪宜忘卻溫儀而移情於她。

可對於夏雪宜來說，溫儀是他生命中的一盞明燈，因爲有了溫儀，他才能再次見識到生活美好的一面，所以他當然不肯放棄溫儀，不但如此，他還會用生命去捍衛他愛情的成就。於是這個處事圓滑的人，第一次開心地做了蠢事。即使他明知道只要違心地說一句喜歡何紅藥就能脫困，可他不願褻瀆了自己心中那個神聖的角落，於是寧死也不願說出違心之論。

所以當何紅藥狠心折磨他，逼問溫儀的姓名和下落時，夏雪宜只是不住口地稱讚自己的心上人。於是又嫉妒又傷心的何紅藥打折了他的腿，然後下山去尋訪他那個不知名的情人，一心要找到她並且把她弄得比自己還要醜怪百倍，然後再帶給他瞧，看他還能不能讚美她。這時，夏雪宜已經選擇了自閉於山洞之中。

而當何紅藥找遍了山頂各處都找不到夏雪宜，雖然理智知道多半他已經不在人世了，可因爲感情的因素仍在，所以在何紅藥心裏仍固執地認爲夏雪宜並沒有死，也依然執著不悔地愛著夏雪宜，希望他終於能念在自己一片癡心的情況下，最終將她攬入懷中。爲此就算夏雪宜要狠狠鞭打自己一頓，都無有怨言。也因爲這樣，黃木道人只因爲講了一句認識夏雪宜的話，被何紅藥知道了就抓了人家，且許多年來用盡了酷刑，目的就是爲了逼問出夏雪宜的下落。而她更在二十年後擄了夏雪宜與溫儀的女兒——女扮男裝的溫青青，來逼問夏雪宜的下落，從而可悲地鬧出了雌雄莫辨的笑話。

◇精神永隨

最後一點相似的則是兩人最終的結局具有相似性。

李莫愁十年報仇的最終結果是：陸展元已死了三年，而他的妻子何沅君也早已在丈夫死去的同時自刎殉夫了。怨毒不滅的李莫愁只有將他們的屍骸挖出燒成了灰，一個撒在華山之巔，一個倒入了東海，存心要他們永生永世不得聚首。而她自己最後的結局也是葬身在絕情谷的烈焰之中。雖然李莫愁最終沒能與陸展元死於一處，但在精神上她已經與陸展元同在了。

何紅藥則是綁著溫青青終於尋到了夏雪宜的埋骨之所，在確知自己恨了一輩子也愛了一輩子的那個負心人已經死了時，她跌坐在金蛇郎君夏雪宜往昔打坐的那塊岩石上，右手撫住了頭，心中悲苦至極，數十年蘊積的怨毒一時盡散，舊時的柔情蜜意又回到了心頭。覺得見不到他的人，即使見到他的骨頭也是好的。可誰知找到了骨骸之後，居然發現夏雪宜在臨死時心裏牽念的還是溫儀時，恨得何紅藥把刻有溫儀二字的金釵放入嘴裏，亂嚼亂咬，即使傷到了自己也在所不惜。而當溫青青把自己母親的骨灰撒在了父親夏雪宜的骨骸上時，更不由得何紅藥嫉妒之心大熾。可此時已經是泥與灰分不開了，於是她就把骨骸從坑裏撿了出來，要把他燒成灰，撒在華山腳下，叫骨灰隨風飛揚，永遠不得與溫儀相逢。由此可見何紅藥怨毒之深！

當然因爲夏雪宜事先在骨骸中種下了毒，又在山洞裏埋了炸藥，所以最後這三個感情糾葛了一輩子的冤家終於共眠在一個山洞裏，也算是讓何紅藥得遂了多年的夙願——終於和夏雪宜永遠在一起了。

結論

何紅藥是武俠世界裏最具悲劇性的人物之一，她的悲劇主要在於自己在感情上的過於一廂情願，如果世界上再多幾個像何紅藥這樣的人，那麼這世上的失蹤案件就不知會多幾倍了，到那時，私家偵探的工作就會是社會最熱門的職業了。

6.馬夫人康敏（金庸《天龍八部》）

如果說李莫愁的悲劇有三分之二的原因是因爲老天的撥弄，那康敏就屬於那種自作孽不可活的人。當康敏還是個小女孩時，她那種極度狹隘的嫉妒心就顯現出來了，而更嚴重的是康敏本人對她這種不健康的心態不以爲恥，反以爲榮。她回憶起她剪爛鄰家姐姐的新衣褲的情景時，簡直一副病態的陶醉狀。馬夫人康敏雖然不懂武功，但她精細的心計卻極大地彌補了她在這方面的不足，使得她的弱點也成了強項：就因爲康敏是一個不懂武功的「弱女子」，所以那些平常在飲食間也小心翼翼，生怕別人下毒的武林大豪們，往往對這個貌美如花的文弱女人毫不設防。

康敏有著一般的女人所沒有的一個最大的妙處——媚。康敏之媚，使得向以豪俠仗義自持的丐幫長老白世鏡不但置「朋友妻，不可戲」的古禮於不顧，而且爲了達到長期占有康敏的目的，竟然親手殺死了與他情同手足的康敏之夫馬大元；康敏之媚，也使得段正淳雖然坐擁如花美眷，又兼數位紅粉知己，可在面對康敏時還是全身二百多塊骨頭全數化作了水樣物體；康敏之媚，更使得頂天立地的大豪傑眞漢子蕭峯也在隔窗窺得康敏風姿與她那柔弱得能滴出水來的嗓音下，覺得面紅耳燥。

卻說康敏的美，不在於她的衣著打扮。自康敏第一次出現開始，她就像每一個循規蹈矩的寡婦一樣，一身縞素，即使與段正淳在馬家幽會之際，康敏仍舊是一身縞素，唯一不同的是：炕中的炭火燒得正旺，康敏頸中的扣子鬆開了，露出雪白的項頸，還露出了一條紅緞子的抹胸邊緣。她的臉只是薄施脂粉，但她的眉稍眼底卻皆是春意，一雙水汪汪的眼睛便似要滴出水來，似笑非笑、似嗔非嗔地那麼斜睨著。眞可謂若要俏，一身孝——康敏之美就在於她的縞素，在於那麼畫龍點睛的一抹子猩紅！

康敏與李莫愁不同，李莫愁之毒來源於她對愛情以及對人世間的絕望，而康敏的頻頻害人卻是基於她的自戀。康敏之所以千方百計引誘白世鏡殺害了自己的丈夫馬大元，就是因爲馬大元與蕭峯講義氣，雖然握有蕭峯身世之謎底，但還是不願揭發蕭峯是契丹人的事實。在白世鏡尚亦與蕭峯講義氣，不願害得蕭峯在天下人面前身敗名裂的時候，康敏甚至還勾搭了丐幫舵主全冠清。爲了要陷害蕭峯，康敏甚至不惜千方百計動搖丐幫的百年基業，而這一切的原由說白了竟是：在洛陽城裏的百花會上，會中的英雄好漢都朝她康敏呆望，而蕭峯（那時還是丐幫幫主喬峯）居然對她視若無睹，眼光在她臉上掠過甚至沒有停留片刻。所以莫名其妙地就得罪了自認爲是當日百花會之花魁的康敏，就因爲那會中的一千多男人都爲她神魂顛倒，而蕭峯竟不向她好好的瞧上幾眼，於是一個堂堂的眞漢子就招致了以後絕大的禍患。

康敏的這種只能以喪心病狂來稱呼的病態心理可以追溯到她的童年，在這種扭曲的心態左右下，康敏可以爲了自己的新衣裳，而罔顧親生父親的生命，要父親冒著生命危險雪夜進山追狼。更可以因爲自己得不到花衣裳而在夜裏潛入鄰家剪破鄰家女孩的衣裳，而在她剪爛人家的新衣褲時，得到的情感體驗居然是比自己有了新衣褲還高興！

康敏的邏輯是：得不到的就要全數毀去，而且毀得讓對方越痛苦越好。所以當她用毒藥制住了段正淳，她所想到的是將段正淳一口一口地咬死。而她以一介弱質女流之身居然還十分欣賞段正淳的痛苦。正如段正淳所知道的，康敏這個女人雖然外表是女人得不能再女人的樣子，但在康敏的內心，卻比尋常的男子更加堅毅，惡毒辱罵不能令她氣惱，苦苦哀懇不能令她回心，就在她一心想了諸般法子要想殺你時，她竟然還可以軟答答地、風情無限地倒在你的懷裏，彷彿在說：奴爲相會難，教君恣意憐。

康敏這樣的女人，她本身就是一枝毒花，看一看聞一聞是美的，碰一碰就得受傷。康敏這樣的女人，她的幸福就是別人的痛苦，也就是我們平常所說的那種把自己的幸福建立在別人的痛苦之上的人。而她的變態情緒，也是藉由她的美貌這柄保護傘以及她那些用以掩飾自己的千嬌百媚的手段，而顯得更加的隱蔽，也更容易致人於死地。就像英雄一世的蕭峯，也居然給康敏害得沒有一點招架之力，這也算是溫柔的一項碩果吧。

康敏天生就是爲了要給別人設陷阱而活著的。雖然她本人不會武功，但康敏可比那個動不動就殺人做花肥的王夫人阿蘿聰明多了也狡詐多了。康敏雖然不是段正淳的那些女人中最美的一個，可是她卻一定是最玩得轉的一個。在段正淳的這些女人中，刀白鳳一來無法忍受丈夫的到處留情，同時也爲自己當年一氣之下背叛丈夫的事受著幾十年良心的責備，所以只能黯然避世，由得丈夫段正淳去風流快活，圖個眼不見爲淨；而王夫人阿蘿則只能管管閒事，藉逼得其他男人休妻娶情婦來寬慰一下自己受創的心，同時二十年如一日地處心積慮地就是想把那個負心漢子、多情種子找回來；秦紅棉只知道拿了柄修羅刀殺來殺去；甘寶寶雖然嫁了，卻依然管不住自己不想別人的老公；最聰明的要屬阮星竹了，可能做的也只有遊說得火爆脾氣的秦紅棉與之化敵爲友。雖然這些女人都會武功，但她們充其量也不過是附在段正淳這棵喬木之上的顏色各異的菟絲花。只有康敏與眾不同，她在自己的一套強盗邏輯的支配下，最大限度地利用了自己的大好皮囊，使得不少「英雄」盡入她彀中，也算是「成績斐然」了。

結論

如果以花來喻馬夫人康敏，那麼我想以豬籠草來喻最爲恰當，豔麗的外表與惡毒的用心搭配得相當得體、相當搶眼，除了蕭峯這個魯男子之外幾乎沒有男人能夠自康敏這兩汪如水的眼眸下逃生。而康敏的柔媚更是可以掐死你的溫柔。男人遇見此等致命的柔媚，唯一能做的就是紳士地彎腰，在康敏掀開她的陷阱之前，因體恤她小手的冰涼而趕快主動替她掀起籠蓋，然後乖乖地鑽進去，引頸就戮。

雖然無數男人拜倒在康敏的石榴裙下，可康敏與李莫愁不同，李莫愁一生所追求的是一個能和自己作雙向感情交流的男人，而康敏不要愛人，康敏要的只是食物。

7. 移花宮主及其婢女（古龍《絕代雙驕》）

在古龍的武俠世界裏，《絕代雙驕》是一個傳奇的代名詞，而一切都是緣於一個愛情的傳奇：

江湖中有耳朵的人，絕無一人沒有聽到過「玉郎」江楓和燕南天的名字；江湖中有眼睛的人，也絕無一人不想瞧瞧江楓的絕代風采和燕南天的絕代神劍；只因為任何人都知道，世上絕沒有一個少女能抵擋江楓的微微一笑，也絕沒有一個英雄能抵擋燕南天的輕輕一劍！任何人都相信，燕南天的劍，非但能在百萬軍中取主帥之首級，而江楓的笑，卻可以令少女的心粉碎。

而此刻，江楓這位名動天下的第一美男子，卻穿著件粗俗的衣衫，趕著輛破舊的馬車，匆匆行駛在一條久已荒廢的舊道上。此刻若有人見到他，誰也不會相信他便是那倚馬斜橋、一擲千金的風流公子。

而這一切都是爲了一個女子——花月奴，這個出身於移花宮的婢女，卻奪得了主人——移花宮主所傾慕的絕代佳男之心，無他，只是「溫柔」二字而已。正如小說所描寫的——她眼睛並不十分媚秀，鼻子並不十分挺刺，嘴唇也不十分嬌小，但這些湊在一起，卻教人瞧了第一眼後，目光便再也捨不得離開。尤其是她那雙眼睛裏所包涵的情感、了解與智慧，更是深如海水。

而反觀移花宮主姐妹：小妹憐星宮主，身上穿的是雲霞般的錦繡宮裝，長裙及地，長髮披肩，宛如流雲，她嬌靨甜美，更勝春花，她那雙靈活的眼波中，非但充滿了不可描述的智慧之光，也充滿了稚氣——不是她這種年齡該有的稚氣。所以無論是誰，只要瞧她一眼，便會知道這是個性格極爲複雜的人，誰也休想猜著她的絲毫心事。

這樣的憐星宮主可比前面的花月奴美麗多了，如果說憐星宮主因為小時候的那場意外導致了左手左足的殘廢，而變得不那麼完美的話，那麼稍後出場的邀月宮主就該是完美的典範了。

但為什麼這樣完美的女人居然得不到以古龍先生為尊的這些男人的愛慕呢？

憐星宮主代姐姐邀月宮主，同時也是代自己嘶聲質問：

「我姐姐哪點比不上她，你被人傷了，我姐姐救你回來，百般照顧你，她一輩子也沒有對人這麼好過，但……但她對你卻是那樣好，你，你……你……竟跟她的丫頭偷偷跑了。」

這時江楓的回答，恐怕是代表了全天下男人的心吧：

「你姐姐根本不是人，她是一團火，一塊冰，一柄劍，她甚至可說是鬼，是神，但絕不是人，而她（指花月奴）……卻是人，活生生的人。她不但對我好，而且也了解我的心，世上只有她一人是愛我的心，我的靈魂，而不是愛我這張臉！」

結論

溫柔、善解人意、體貼周到是所有男人對女人的基本要求，他們要的女人只需要有這個本事就夠了，否則即使是移花宮主這樣能夠隻手左右江湖的名女人，也只有失意一途。

附議

建議有識之士開辦一個溫柔體貼培訓所，專門收容像李莫愁與移花宮主之類的女強人，加以訓練，剝去她們的才幹，還她們一個樸素的平凡的自我，然後附帶兼營一個鴛鴦局，將各號人物配對了出去，以有利於社會之安定團結。

8.謝豹花（溫瑞安《遊俠納蘭之殺了你好嗎？》短篇集）

一個女人太強了，是不是就意味著悲劇？

一個理智的女人忽然感性了，是不是就會發生悲劇？

一個有感情的女人太理智了，是否就會帶來悲劇？

有關謝豹花的故事就告訴我們這樣的一個悲劇。

這篇秉承溫瑞安先生一貫的詩意文風的短篇武俠小說寫了一個發生在追殺之中的愛情故事，小說繼承了溫先生一向喜好發掘人性弱點的特色，短短的一篇小說寫得人性躍然紙上。

《殺了你好嗎？》寫的是這樣一個故事：

故事的背景照例是強者當道的江湖，其時江湖由幾個非常強大的聯盟組成，而官方人員往往或露面或不露面地參與到江湖的事情中。男主人翁方狂歡在江湖上是一個小小聯盟的頭，那個小小聯盟的名字叫「小螞蟻」。終於有一天這個只有幾個人的小聯盟被江湖上屈指可數的大聯盟「豹盟」像撚死一隻小螞蟻一樣地撚死了。起因是方狂歡殺了一個強姦良家婦女的壞人，而那個壞人卻是「豹盟」盟主張傲的獨生子，於是惹了麻煩沒處說理的方狂歡帶著手下開始他們漫長的逃亡之旅。而謝豹花正是來追殺他們的人中武功與能力最強的一個。

故事開始在一個偏遠的客棧，流亡了多日，在方狂歡身邊只有最後的兩個弟兄了。他們已經很累，甚至他——方狂歡已經不太想離開這裏了——對於逃亡者來說，這是鬥志盡喪的一個危險的標誌。

在這樣的時刻，「豹盟」以及想要與「豹盟」結盟的「衣冠幫」一起找到了這間客棧，於是一場大戰立刻血腥地開始。就在方狂歡以爲這次自己是必死無疑了的時候，一個意外的轉機開始了——老闆娘居然就是那個傳說裏很可怕的謝豹花。謝豹花無疑是方狂歡最危險的敵人，在謝豹花出手的一剎那方狂歡意識到，如果謝豹花與自己爲敵，自己絕對抵敵不了。不料，就在這麼一間無名的小客棧裏，意外接二連三，當方狂歡再次奔在逃亡的路上好久了，他還無法相信是謝豹花救了他，而且謝豹花還成了他的妻子。

客棧一役中，方狂歡失去了僅有的兩個兄弟，謝豹花坦白地對他說：「不是我救不了他們，而是如果一起逃亡的話，我們都會死。」於是在一路的逃亡中，他們浴血奮戰，甚至不惜以自身爲對方抵擋刀劍。可就在他們終於安全了的時候，他們之間的這段感情也就同時走到了盡頭。

毫無疑問，謝豹花極美，謝豹花還是一個不折不扣的女強人——這一點與李莫愁完全相同。只是在溫瑞安先生張揚的筆下，謝豹花的強悍蓋過了她外表的美麗。謝豹花的強，讓我們可以得出下面的結論：如果方狂歡不是在極度危急的情況下遇上了化裝成老闆娘的謝豹花，而且在不知其眞正身分的情況下與她有了一夜之情，那麼方狂歡是斷然不敢娶謝豹花的。謝豹花既然能成爲「豹盟」裏數一數二之絕頂高手，必然有其過人之處。對一個女子而言，謝豹花有著即使是男人也不一定會有的果決甚至是殘忍。

他們的逃亡結束於一個小鎭，當方狂歡恢復了平靜的生活之後，謝豹花身上那些當初曾使他爲之折服的東西，而今都成了令他感到可怕的理由。尤其可怕的是，他當初好歹也是個「螞蟻王」，可現在在妻子謝豹花面前，方狂歡忽然覺得自己比三歲的孩子還不如。

這個女人太可怕了，當初她爲了救方狂歡，可以對昔日的同盟狠下殺手。她甚至連愛她幫她的師兄也可以照殺不誤，何況是樣樣不如她的丈夫？方狂歡如是想。所以當「豹盟」的盟主張傲找上他時，方狂歡幾乎立即就答應以妻子謝豹花的生命來換取自己的生命。於是他接過了張傲手裏的毒藥，並在這天意外地沒有去找自己在妓院裏的情人，而是轉回家裏對謝豹花殷勤地頻頻勸酒——一杯毒酒。

謝豹花是一個武藝高強的奇女子，她的武藝不是天生的，而是依靠自己苦練得來的。雖然她的武藝高強，可在張傲面前她還是一個被侮辱被損害的角色。她不甘心，於是雖然身在「豹盟」，可心裏無時無刻不在計劃著逃離可怕的張傲。可同時謝豹花又是一個絕頂聰明的女子，所以在她沒有行動之前，她絕不露一點馬腳。而一旦開始行動，謝豹花就不允許自己有任何失誤，所以她親手殺了一隻「小螞蟻」，還對另兩隻「小螞蟻」的死亡袖手旁觀。而她千挑萬選的如意郎君，就是那個能爲了救一個素不相識的少女而不惜得罪天下聞名的張傲爺的「螞蟻王」

方狂歡。

於是就在那一個下著冷雨的夜裏，當謝豹花提了那只裝著一隻「小螞蟻」頭顱的盒子進入到方狂歡的屋子時，在她心裏自己與方狂歡已經是一體的了。只是聰明如她卻沒有料到，當她對方狂歡說正是她殺死了他的兄弟，而方狂歡默然時，在她面前的已經不是那個她所愛上的方狂歡了，而之後當她爲了方狂歡的安全而殺死了幫助她的師兄阮夢敵時，她已經失去方狂歡了。

雖然就理論來說，謝豹花沒有做錯，所以他們獲得了逃亡的成功。可最終的結果卻是，當她還陶醉在自己的勝利之中的時候，張傲已經輕輕巧巧地打敗了他們——不是從外部，而是從內部。

所以當方狂歡爲了自己的性命，而對她——他的妻子兼救命恩人謝豹花，殷勤勸食毒酒之際，謝豹花只能悽楚地道：「記得我們那一路來共度的劫難嗎？那一段絕望得連失望也當作一種希望的日子裏，我們反而無悔！記得在「疑無路」的天陰中嗎？你棄刀爲了我，我以身子替你擋那一刀，疤痕仍在我胸前呢……在路遠客棧的時候，你爲我挨了一槍，傷痕仍留在肩上吧……」

方狂歡嘶聲喝道：「栽培你的張傲爺，你敢背叛！喜歡你的阮夢敵，給你滅了口！你還殺過我的兄弟，對我的手足見死不救！決定要殺死肚裏孩子也從不跟我商議！我怎麼知道你有一天，會不會忽然殺我？……你太強了！在你面前，我只是一個被你左右的人，我算什麼？……」

於是，謝豹花在燈色下，迅速憔悴委頓，宛如一朵突遭狂風暴雨的花兒。

結論

謝豹花的悲劇就在於她太強，而在這個以男性爲主的世界裏，太強的女人就是逾越了自己的本分，雖然她們的本事很大，但往往反而得不到普通女人所能得到的幸福。

雖然故事的結束並沒有交代謝豹花與方狂歡最後的結局，但我們還是能知道：

——事實上，不管她殺了方狂歡，還是張傲爺，抑或是她自己，她這一生裏，都不會感到快樂的。

——方狂歡大概也一樣吧？

正如故事沒有結局一樣，本篇沒有終結。

注一： 秦南琴是曾經出現在《神鵰俠侶》故事未定稿裏的人物，其身分定位是楊過的生母。後來金庸先生將她與最初構思中的穆念慈的形象合二爲一，其名字遂不見於定稿。

李莫愁的人生哲學

附錄

附錄Ⅰ　李莫愁年譜

附錄Ⅱ　李莫愁的武功

附錄Ⅲ　古墓派的武功

附錄一 李莫愁年譜

1. 零歲——呱呱墜地

南宋理宗某年的一日，一個女嬰在中原某地呱呱落地，女嬰的父親爲她取名叫「莫愁」，意欲使他心愛的小女兒像那首著名的〈河中之歌〉中所描述的那個也叫「莫愁」的盧家少婦那樣，一輩子沒有憂愁。

2. 一至十歲——莫愁天地

在這一時期裏，金庸先生並沒有花太多的筆墨來描述李莫愁的童年生活，但我們依舊可以從先生的行文中推斷得出以下的內容：

◇十歲入古墓

在《神鵰俠侶》第二回〈故人之子〉中曾提到「她（李莫愁）自十歲以後，從未與男子肌膚相接」，換而言之，李莫愁在十歲之前是與男子有過接觸的。而終南山的古墓是一向不允許男子進入的，甚至於古墓周圍的密林也是全眞教一干道士的禁地，故我們可以推斷得出李莫愁在進古墓之後就未與男子接觸的結論。換言之我們可以從這句「她自十歲以後，從未與男子肌膚相接」，推斷得知李莫愁必然不像小龍女那樣是自小被師父養大的，而是在童年的某一個時期被師父從外面的世界帶入到古墓的。

那麼李莫愁入古墓究竟是在什麼時候呢？

我們知道，生活在塵世之中的我們無法避免與周圍人發生聯繫接觸，而在這形形色色的人物中必然有男人也有女人。即使退一步說，李莫愁可以不與其他男子發生聯繫，但與自己父親之間的父女接觸是無論如何也避免不了的。由此我們可以定論，李莫愁當是在十歲左右才得以進入古墓的。

再之，李莫愁與小龍女不同，小龍女是自願待在終南山的古墓裏，直到有一個男子願意爲她死，然後才算是破了誓言可以自由下山。但其實無論李莫愁還是小龍女，在她們的內心深處都知道，在這麼一個外人不得入內的古墓裏，能遇見男子已經是不可思議了，更何況是願意爲自己而死的男子？即使是在山下的世界，這樣的男子也是鳳毛麟角啊！所以小龍女發下這樣的誓言其實也即等於是發誓一輩子在古墓終老了，至於以後楊過的闖入，以及由此而引發出的一段足以泣鬼神、動天地的感人愛情故事，那就是天意使然，非人力所能及。

可同樣生活在古墓裏的李莫愁卻不願發下這樣的誓言，甚至爲此放棄了繼承師父衣缽的大好機會，究其原因，除了李、龍二人本來在性格上有所差異外，最可能的就是——小龍女是自襁褓中就被抱入古墓的，所以外面的世界對她而言根本沒有概念。由此才會派生出後來楊過進入古墓對小龍女胡扯了一大通外面的世界怎樣好玩的說辭，而小龍女天眞地信以爲眞的情節，還有小龍女下山後還因爲根本不懂人情世故而弄出了吃東西不給錢等不少笑話。由此我們可以得出以下推論：如果不是老天念在小龍女獨居辛苦，如果不是楊過因意外的機緣而介入了小龍女平靜無紋的古墓生活，那麼在小龍女的心裏外面的世界便也亦如這古墓中的歲月一般，更不會生出後來想要入紅塵閱歷一番的想法。

而在李莫愁則完全不同，早在童年入古墓之際她的腦海裏便已有了古墓外滾滾紅塵的影子，所以她不可能像小龍女那樣古井無波，毫無入世之意。可事實上在紅塵的無限快樂之中也會蘊藏著不少的危機，以至於使不少人寧願捨棄紅塵而遺世獨居，李莫愁的師祖林朝英就是其中一個典型的例子。李莫愁的師父是林朝英的丫環，自然深受林朝英的影響，她完全繼承了林氏的衣缽，並以之教育和影響她的徒弟們。所以在李莫愁的心中山外紅塵世界的那個影子又不可能很清楚，否則塵世中的種種不快必然地也會影響到她日後出墓的決心。

而十歲眞是個很好的年紀，等到了李莫愁進入古墓多年之後，歲月流逝已能夠消融掉生命中的苦澀，而又不會使其中的甜美因時間的流逝而遭遇忘卻，於是朦朦朧朧的記憶裏留下的都是最美的回憶，而這樣的回憶則足以令李莫愁如撲火的飛蛾一樣，義無反顧地撲向山外的世界——那個紛繁複雜的紅塵世界。

綜合以上的分析，我們有理由認爲，十歲是李莫愁進入古墓最恰當、最可能的年齡。也正是因爲這十歲之前的美好記憶，才使得李莫愁得以毅然決然地捨去學習古墓派最高武學——《玉女心經》的大好機會，而投身於山外的未知世界。

◇名字當為父親所取

李莫愁這個名字當是她的親人所取，尤其以父親最爲可能。

雖然《神鵰俠侶》從未正面提到李莫愁之名是由誰取的，但第四回〈全眞門下〉提及當霍都中了李莫愁的詭計，與一干邪魔歪道到終南山向小龍女求親時，丘處機對不明眞相的郭靖介紹其中緣由時，曾提到「這姓龍的女子叫作什麼，外人自然無從得知，那些邪魔歪道都叫她小龍女，咱們也就這樣稱呼罷」。金庸先生以後就以「小龍女」作爲這個龍姓女子，也即《神鵰俠侶》的女主角的名字。

之後我們又在第二十八回〈洞房花燭〉的記載中看到小龍女說「我沒小名兒，師父只叫我龍兒」的敍述。可見像小龍女這樣自襁褓起就被抱入古墓的小嬰兒，她的師父也沒有正式替她取名字，由此我們可以推知她們的師父一定根本不在意徒弟叫什麼名字，我們也可以推斷得出李莫愁的姓名必是在進入古墓之前就已經有了的，那麼當是以親人給起的居多，尤其以她的父親最爲可能。

◇儒人父親，儷影情深

李莫愁的父親當是讀書人，而且夫婦關係和美。

「莫愁」二字作爲女孩子的閨名，較早可見於南朝蕭衍的〈河中之歌〉：「河中之水向東流，洛陽女兒名莫愁。莫愁十三能織綺，十四采桑東陌頭，十五嫁爲盧家婦，十六生兒字阿侯。盧家蘭室桂爲梁，中有鬱金蘇合香。」

從「李莫愁」這個名字我們可以看出李父對李莫愁一生的期望，而「莫愁」這個既含義深遠又字面雅緻脫俗的名字若非讀書人是等閒起不出的。再之，李莫愁被帶入古墓時已十歲，對童年的生活也已有一定的記憶，而根據現代心理學的分析，我們知道一個人的童年時期往往會影響到此人的一生，從長大以後李莫愁那麼堅決地要離開古墓去尋求屬於自己的愛情，我們可以從中推論知道：在李莫愁童年的記憶裏，她雙親之間的和美關係必然在她的腦海裏留下了較深刻的記憶，這種記憶一直持續影響到了李莫愁成年後的生活，導致了李莫愁堅決地想要到外面的世界去延續記憶中的這段曾屬於自己父母的和美生活，當然這次故事的男女主角該換成她本人與那時還是未知數的那個她的「他」。

◇父母非死於非命

李莫愁的父母必然是死於天災或者是疾病。

根據我們上面的分析，李莫愁進入古墓時當為十歲，而現代心理學研究表明此時的記憶已經可以全部或者片段地保存終身，從而影響到人一生的處事方式。如果李父李母是被仇人所殺或者被某個貪官污吏所害，那麼在李莫愁童年的記憶裏必然會留下一些蛛絲馬跡，而以李莫愁的性格，等她走出古墓後就必然地會首先想到為父母報仇雪恨。但金庸先生在《神鵰俠侶》中有關此節全無提及，故我們可以大膽假設李父李母與江湖無涉，並且他們的死亡多半是因為遭遇天災或者時疾，所以李莫愁走出古墓後才並無家仇需要了斷。

3.十歲至十八歲——古墓幽居

李莫愁十歲時，一場變故奪去了她雙親的性命，而她自己則被幽居於古墓之內的林朝英之丫環，也即林朝英的弟子所收養，不久以後李莫愁成為古墓派的第三代弟子，而且還是首席大弟子。那時，一生苦戀全真教開山鼻祖王重陽的古墓派開山之祖——武林奇女子林朝英已經故去，古墓中僅有李莫愁的師父以及僕婦孫婆婆二人。對於這位林朝英的親傳弟子，金庸先生在《神鵰俠侶》中始終未提及其姓名及來歷，更未認眞涉筆鋪陳其性格和行事習慣。我們只知道她是林朝英的貼身丫環兼唯一的親傳弟子，她在收養小龍女時已人到中年，是一個幽居多年的婦人形象。

據此，我們可以推知，李莫愁的師父收李莫愁爲徒主要是爲了讓林朝英一脈的武學能夠後繼有人，而以李莫愁的上佳資質，不久以後她就被正式認可了古墓傳人的身分。

於是以後的幾年歲月李莫愁就在古墓裏度過，就算偶然有走出古墓的機會，她的活動圈子也超不過古墓周圍密林的範圍——這是當年林朝英與全眞教約定的地域分界線。我們可以想像，在經歷過塵世繁華的李莫愁眼裏，古墓的生活無疑是相當枯燥乏味的，而且近乎於一種禁錮——精神上和肉體上的雙重禁錮。

不久，在李莫愁十二歲那年的一天夜裏，師父抱回了一個女嬰，這個被親人棄於重陽宮外的女嬰姓龍，後來成了李莫愁的師妹。與一直嚮往外面世界的李莫愁不同，這個自幼生長在古墓中的小師妹顯得相當適應古墓的生活，李莫愁和這個唯一的師妹之間並沒有多少共同語言。

4.十八歲至二十歲——浪漫年代

歲月總是在不知不覺中流逝，恍然間李莫愁已經告別了她的童年時代。這年我們的李莫愁十八歲了，在她十八歲的心裏一直守著一個不能向師父傾吐的心願——與一個愛自己、也爲自己所愛的男子共同擁有一個屬於自己且充滿了溫情的家，當然也許還會養幾個孩子……，而這一切都是古墓所永遠不可能給她的。不久以後，李莫愁面臨了人生的第一次重大抉擇——在武林至寶《玉女心經》與山下的花花世界這二者之間，李莫愁終於選擇了當時對她來說還相當陌生的山下世界。

出古墓，下終南山，回到久別的塵世之後不久，李莫愁遇上了浙江嘉興陸家莊的莊主陸展元——這個在以後悠悠的歲月裏，被她愛了一輩子同時也恨了一輩子的男人。與陸展元聯袂闖蕩江湖的歲月，是李莫愁這一生中最快樂也最短暫的日子。也就是在這段日子裏，她讀到了那首金人元好問的〈邁陂塘〉，其中有這樣的句子：「問世間，情為何物，直叫人生死相許？」

也就是在這個時期，她精心繡成了那塊十年以後被程英、陸無雙表姐妹用來保全性命的錦帕，並將它送給了自己的心上人陸展元。

不久，李莫愁與陸展元同去大理遊歷，正是在大理的蒼山洱海之間，陸展元邂逅了一燈大師座下「漁樵耕讀」四大弟子中的農夫武三通的養女——溫婉可人的何沅君，種下了日後的一段情緣。從此李莫愁在陸展元心中的地位就漸漸被這位日後的陸莊主夫人所替代了。

5.二十歲至三十歲——怨毒歲月

李莫愁二十歲那年，她的心上人陸展元決定成親了，可他要娶的卻不是李莫愁，而是那個更能顯出他青年才俊之氣的何沅君。

陸展元新婚的當日，李莫愁獨自一人去大鬧他們的婚禮，期間她遇上了武三通——何沅君的養父。這個愛上了自己養女的名門子弟，正遭遇著愛在心頭卻無法言說的矛盾和痛苦，於是便以江南人「狡猾多詐，十分靠不住」的理由，同樣在這天來找新婚夫婦的麻煩。誰想這兩個出發點不同但目的卻十分相同的傷心之人居然遇到了一個好管閒事的大理天龍寺的老和尚。那個好管閒事的和尚強要他們衝著他的面子保新婚的陸展元和何沅君十年平安。

那天自陸展元的婚宴上鎩羽出來，傷心之餘，李莫愁一氣殺了何老拳師一家二十餘口男女老幼，原因無它，只因為這一家人的名字中帶了一個刺她眼的何沅君的「何」字。

自那場殺戮之後，李莫愁立了重誓，從此但凡在她面前提到何沅君這個賤人的名字之人，不是他死就是我亡。

當然，很久以後有一日，李莫愁忽然出手在沅江上連毀六十三家貨棧船行，原因自然也就只是在他們的招牌上都帶了一個同樣刺她眼的何沅君的「沅」字。

在以後那些闖蕩江湖的日子裏，李莫愁又恢復了初出古墓時的孤獨。雖然仍有江湖中人不懼她在江湖上的惡名，頻頻垂涎於她的美色，可經歷了情劫之後的李莫愁變得異樣厭倦男女間的情事，於是那些男人通常的下場便只有一個——

死！此間也許只有一個男人曾經例外，那就是楊過，不過那是許多年之後的事了，而楊過在那時也只不過是個少年而已。

在這個時期，李莫愁的生活中接連發生了兩件相關的大事：遭遇歐陽鋒以及師父因救她而逝世。

遭遇歐陽鋒使李莫愁意識到，和超一流高手對陣她的武功其實還十分不夠。師父死後不久，李莫愁上山祭悼，這才發現師父居然立了她的師妹小龍女爲衣缽傳人。李莫愁那種以師父之當然傳人自居的念頭這下遭遇了幻滅，大怒之下她便硬闖古墓——這是她第一次試圖奪取《玉女心經》。結果很不幸，先是被師妹小龍女用古墓中設置的機關擋住，當她費盡心機突破了二道墓門後，在第三道墓門前她發現了師父給她的遺言，遺言裏說某年某月某日就是她師妹十八歲生日，到時師妹就是她們這一派的當然掌門人，並且要她痛改前非，否則就要師妹小龍女以掌門人的身分清理門戶。李莫愁於是在盛怒之下失了鎭靜，決定強闖第三道門，結果中了師父事前埋伏下的玉蜂針。如果沒有師妹小龍女爲她治療，恐怕以後這江湖上就已經沒有赤練仙子李莫愁這號人物了。

可是若要李莫愁就此放棄《玉女心經》，她又怎能甘心？師父在打退瘋老頭歐陽鋒時所顯露的《玉女心經》中的上乘武功，一直浮現在李莫愁的眼前，時時提醒著她：因為她的匆匆下山，她僅僅學到了古墓派武功的十之一二。

在這以後不久，李莫愁換下了女兒家婀娜的紅裝，取而代之的是杏黃的道袍，而慣用的長劍亦換成了出家人的拂塵，駿馬更變作了花驢。可在李莫愁內心深處，她知道無論自己的外表怎麼改變，她還是忘不了陸展元——這個闖入她少女心扉的最初的也是唯一的男子。

以後李莫愁又數次想要奪取《玉女心經》，手法歷經了多次變化，所相同的是每次都無功而返，不過這反而更堅定了她要奪回這本當初被她棄置不顧的《玉女心經》的決心。

時光荏苒，十年之期轉瞬即至。

這十年中，李莫愁已由一個花樣年紀的青春好女兒變成了江湖上有名的冷血魔頭，她的冰魄銀針與她自創的「五毒神掌」、「三無三不手」等武功揚威江湖。因為她年輕美貌，但又嗜殺成性，且每次殺人之前都要在被殺者的家門或中牆之上印上血手印，而這每一個血手印又代表要殺的一個人，於是她便有了「赤練仙子」的名號。不過由於李莫愁毒辣的手段，江湖上人更習慣稱她作「赤練魔頭」。

而她狠辣的行事作風，更使得江湖上人甫一提及「赤練仙子李莫愁」便會變色。雖然許多正義之士，比如全眞教的道士們，也曾數次想要除掉李莫愁這個女魔頭，但因爲李莫愁武功既高人又聰明，他們每次都是無功而返。

在這十年裏，李莫愁收養了一個名叫洪凌波的女徒弟，並建造了赤霞莊作爲自己的棲息地，而她念念不忘的正是那十年之仇，終於……

6.三十歲，七月……

七月，在這個江南可採蓮的日子裏，嘉興的南湖之上，蓮女們採蓮正忙。

在這樣一個忙碌而又洋溢著喜氣的採蓮之日，以十年的青春光陰來等待雪恥機會的李莫愁，帶著弟子洪凌波逕直到江南陸家莊去找陸展元夫婦的晦氣。打聽得陸家莊近年來又添了人口之後，在殺人之前李莫愁同樣印下了血手印，所不同的是這次的地點是在陸家莊的大廳裏——十年來她無時無刻不在等待著這一天的到來。

同以往的無數次一樣，這次李莫愁信奉的仍然是斬草除根的法則，所以陸家莊大廳的牆上一共有九個血手印：

最上面的兩個是給陸展元那個負心郎和何沅君那個賤人的；中間兩個是給陸展元的弟弟陸立鼎和他的妻子程氏的；再下面的五個則是分別給兩個小孽種程英和陸無雙，還有陸家的兩個婢女和一個長工的。

只是等印下了血手印之後，李莫愁才知道那個讓她恨了十年也想了十年的負心漢子早在三年之前就已經得病死了，而緊接著何沅君那個賤人也自刎殉夫了。

雖然仇人已經死去，可李莫愁心中的怨毒並未隨之死去，相反卻燃燒得更加熾烈了。於是她挖了陸展元與何沅君的墳墓，並將兩人的屍體銼骨揚灰，把他們的骨灰一個散在華山之巔，一個撒在東海之中，一心要讓他們永生永世不得聚首。

以李莫愁一向的規矩，印下了血手印就得殺人，但經過這麼一折騰，李莫愁已沒了殺人的興致，於是她便派了自己的徒弟洪凌波全權代辦殺人事宜。不料武三娘的介入使得洪凌波沒有能夠順利完成任務，於是李莫愁只得親自出馬。

之後武三通、柯鎭惡、小郭芙與小楊過的紛紛插手，以及黃藥師與郭靖夫婦的出現和干預，使得李莫愁只殺死了陸立鼎夫婦和他們的下人，擄走了他們的愛女陸無雙，而陸立鼎已故襟兄的女兒程英則被突然出現的黃藥師救走，並在以後成了黃藥師的關門弟子。

在這一場事故後，武三娘爲替丈夫吸出冰魄銀針之毒而喪生，目睹妻子之死的武三通再度發瘋，少年的武氏兄弟與少年的楊過同被郭靖黃蓉帶回桃花島。

李莫愁滅陸家滿門良賤的夙願和周密計畫因爲黃藥師等人的介入而落空，而郭靖與黃蓉的出現更令李莫愁意識到奪得《玉女心經》、提高武功的重要性。慘痛的失敗使得李莫愁不擇手段了，於是她便捏造了所謂某年某月某日，她的師妹小龍女要比武招親的謊言，言道若有武功勝得她師妹小龍女者，不但師妹委身下嫁，而且古墓中不計其數的奇珍異寶以及武功秘笈也將悉數相贈。此外李莫愁還四下宣揚說師妹小龍女的容貌遠勝於自己，一心想借得江湖邪魔歪道之手制住師妹，從而得到那部讓她若干年來念念不忘的師門重寶《玉女心經》。

不料，全眞教與郭靖相繼介入，以及師妹小龍女的玉蜂陣挫敗了她的陰謀，於是李莫愁奪取《玉女心經》的一番計算再度變成了水中月、鏡中花。

7.之後至三十五歲

以後的幾年裏李莫愁就在她的赤霞莊裏居住，平日裏無事就教教洪凌波武功，發恨時就把那個陸無雙折磨一回。而陸無雙那副邋遢可憐的樣子，也漸漸消磨了李莫愁對她的恨意。於是就有若干歲月之後，李莫愁在洪凌波的遊說下收了陸無雙爲徒這件事，當然李莫愁是從不教陸無雙高深武功的，但對於陸無雙這個小姑娘來說境遇已有天壤之別。

除了《玉女心經》始終是李莫愁的一塊心病，這樣的日子已經算得上是安適的了。

在奪取《玉女心經》的狂熱心態驅使下，李莫愁利用同樣對《玉女心經》有貪念的徒弟洪凌波進入古墓奪經。其時小龍女因與徒弟楊過在花叢中練《玉女心經》被全眞教道士尹志平與趙志敬撞見而走火入魔，楊過爲怕小龍女殺掉自己慌忙逃出古墓，正巧撞見前來奪經的洪凌波，機緣巧合之下李莫愁終於得以順利進入了古墓的核心部分。

古墓裏，李莫愁威逼重傷的小龍女交出《玉女心經》未果，痛下殺手，逼得小龍女放下斷龍石欲與之同歸於盡。雖然李莫愁對古墓中的機關知之甚少，但斷龍石一下就意味著自閉古墓，這李莫愁是知道的。在死神隱伏的古墓裏，李莫愁一面急於求生，一面又爲見到楊龍二人的眞情而既羨且妒。在百般求生無望之際，李莫愁決意先置小龍女、楊過於死地，終於逼得兩人開動機關、避入墓中陳棺之處，不料重陽石棺之下竟藏有《九陰眞經》的刻石以及逃生的密道。這條密道救了小龍女師徒與李莫愁師徒的命，被點上了穴道且在溪流中灌飽了水的李莫愁帶著徒弟洪凌波狼狽而逃。

——這是李莫愁奪取《玉女心經》的諸次行動中敗得最慘的一次，因爲楊過的存在。

不料，當李莫愁帶著洪凌波狼狽回到赤霞莊之後，更大的一重意外正在等著她：幾年來任她打罵虐待只逆來順受的陸無雙居然逃走了！而更讓李莫愁震怒的是，陸無雙居然還偷走了她的《五毒秘笈》！

雖然古墓派的武功高深莫測，可李莫愁知道因爲自己當初的執意下山，除了輕功之外自己並沒有得到師父的多少眞傳，而江湖人之所以怕她，除了她的手段毒辣外，就是她那五毒神掌與冰魄銀針。而這本《五毒秘笈》就詳細載有五毒神掌與冰魄銀針上的毒藥及解藥的藥性、配方和製法，倘若流傳出去被世人知道了，那從此之後她就再沒有縱橫江湖的本錢了。

故李莫愁這一驚非同小可，當下連夜帶著驚魂未定的洪凌波去追趕背師叛逃的陸無雙。

但一來陸無雙叛逃時日已久，二來陸無雙所走的又都是荒僻的小道，故李莫愁帶著洪凌波自北至南、自南至北兜截了幾次都沒有發現陸無雙的蹤跡。直到這天她們來到潼關附近，聽到丐幫弟子傳言召集西路幫眾，李莫愁心想丐幫徒眾遍於天下，耳目靈通，當會有人見到陸無雙，便帶著洪凌波趕到集會之處，意欲打探陸無雙的消息。

誰想在路上撞到一名丐幫五袋弟子由一名丐幫幫眾背著飛跑，另外有十七八名丐兒在旁護衛，李莫愁眼尖，見那人肩上所插的彎刀正是陸無雙慣使的銀弧刀。李莫愁拉著洪凌波在一旁竊聽，隱約聽得那些乞丐憤然叫嚷，說給一個跛腳的丫頭用彎刀擲中了肩頭。李莫愁大喜，心想那五袋弟子既受傷不久，陸無雙必在左近，當下急步追趕，尋到了一間破屋之前。但見屋前燒了一堆火，又微微聞到血腥氣，忙晃亮火摺四下照看，果見地下有幾處血跡，血色尚新，顯是惡鬥不久。李莫愁一拉洪凌波的衣袖，向破屋指了指。洪凌波拉開了屋門，舞劍護身，闖將進去，果然……

就在李莫愁慶幸終於能得回《五毒秘笈》之際，陸無雙居然說秘笈已經被「一個臭道士、一個臭叫化」搶去了。當下李莫愁不由得暗暗吃驚，因爲她雖與丐幫無甚過節，但跟全眞教那幫牛鼻子老道結的樑子卻不小，何況丐幫與全眞教的淵源極深，這《五毒秘笈》落到他們手裏，那還得了！

正焦急間，一隻縛著單刀、纏著燃燒柴火的大牯牛忽然衝進了破屋，閃避之際躺在破桌上的陸無雙竟然不見了。這下李莫愁更是大怒，可一時間又不知該往哪裏追才好。她與徒弟洪凌波一個自北至南一個自南至北追了一會，又詐了一回都沒有發現陸無雙的藏身之地，只得快快地離開了破屋。

因爲知道陸無雙與丐幫的人結下了樑子，而丐幫一向又以耳目眾多消息靈通出名，故在以後的追蹤中，李莫愁很注意丐幫的動靜，幾天之後終於在一個小市集得到了陸無雙的消息。於是李莫愁便帶了洪凌波，騎著她的花驢逕直追來，不料她的徒弟洪凌波因爲同情陸無雙，悄悄地找一個農家小孩給陸無雙送了信，而楊過又機智地在半道上截下迎親的隊伍，二人假扮新郎新娘終於瞞過了李莫愁的眼睛。不久在客店裏，楊過與陸無雙假扮全眞教的道士又第二次騙過了李莫愁，而李莫愁的花驢也差點被一名青衣怪客，即陸無雙的表姐、黃藥師的關門弟子程英偷走。

第二天，李莫愁又與假扮成道士的楊陸二人狹路相逢，這次楊過與陸無雙正被丐幫的人糾纏，打鬥中楊過顯露了全眞教的功夫。李莫愁見這個小道士武藝了得，怕日後成爲自己的威脅，遂動了殺機，只是楊過機靈，使得自高身分的李莫愁無法下手殺他，他還編出了陸無雙被丐幫捉去的消息使李莫愁心神大亂。

眼見福大命大的楊陸二人這次又要逃得性命而去，不料因楊過信口胡說自己是王重陽的弟子，由此惹出了李莫愁新一輪的殺機。幸好一隊蒙古兵正好簇擁著他們的主帥經過，將危急的形勢緩了一緩，而楊過的如簧巧舌也令李莫愁將殺意減退了不少，所以李莫愁最終決定只用她的拂塵「稍稍」教訓他一下。

因爲楊過先前使詐捏斷了洪凌波的佩劍，現下更用言語擠兌李莫愁答應只出三招，惹得再次起了殺機的李莫愁一出手就是她自創的「三無三不手」，存心將楊過立斃拂塵底下，不想楊過卻在千鈞一髮之際以歐陽鋒倒轉經脈的怪招奪下了她的拂塵。正當這時楊過塗在臉上的煤灰脫落，讓李莫愁認出了這個壞小廝。眼見陸無雙就要再次手到擒來，不料楊過使詐，讓她在措手不及之下將自己的花驢打得腦漿迸裂，還以一根玉蜂針打進了洪凌波所騎坐的驢子的腦袋，使得那頭驢子狂性大發、張嘴咬人。等李莫愁從一團混亂中脫身，楊陸二人早已奔出半里外，再也追趕不上了。

之後，楊過更是藏身於蒙古人軍中成功地躲避了李莫愁的繼續追殺。

——這是李莫愁第二次狼狽地栽在小楊過手裏。

此後的一段日子裏，李莫愁帶著洪凌波漫無目的地尋找楊過與陸無雙。李莫愁分析，陸無雙最終會回到她的家鄉嘉興，而以陸無雙帶傷之身必然只能慢慢行來，於是她便來來去去只在那往南去的官道和小道上尋找。終於有一天在龍駒寨鎮上，陸無雙在離開蒙古人的軍隊去捉弄楊過與完顏萍時，被李莫愁逮個正著。

以李莫愁毒辣的性子，眞恨不得一掌打死這個死丫頭，可還有《五毒秘笈》呢！她還需要藉助陸無雙的眼睛來指認那個奪走了《五毒秘笈》的乞丐，於是陸無雙便僥倖暫時保住了性命。

李莫愁雖然如願抓到了陸無雙，但因爲《五毒秘笈》仍在丐幫的手裏，故心中仍然是好生愁悶，依舊食不下嚥。這天正午，李莫愁與洪凌波押著陸無雙來到武關鎮上，尋了家整潔的酒樓進食，這時，李莫愁見到對面街角有兩個丐幫的五袋弟子，當下藉口有話要轉傳給丐幫幫主，騙得兩個乞丐上樓後，即以五毒神掌在兩個乞丐手背上各抹了三道朱砂印痕，以此脅迫他們傳話，並以一千條丐幫子弟的性命威脅丐幫交出她的《五毒秘笈》。

可李莫愁轉念就想到丐幫已有了《五毒秘笈》，何用她再來解毒？當下又立刻截下這兩個乞丐，並使重手折斷了他們的臂骨，要留下他們做人質，以等丐幫幫主拿書來贖人。見兩個乞丐又想伺機逃脫時，便想連他們的腿骨也一起折斷了，因洪淩波的心軟，更是連徒弟也一起責罵了。

一旁看不過眼的耶律齊兄妹終於忍不住出手救助二丐，而一直在酒樓上等待機會救人的楊過、完顏萍與青衣怪客程英更是抓住了機會出手救人。打鬥中，李莫愁因爲楊過破了她「三無三不手」的怪招而心中生懼，以爲那是《玉女心經》上的高深武功，更害怕小龍女也會突然出現加入圍攻，故以不堪入耳的污言穢語辱罵小龍女，一心只盼能罵得小龍女不敢出來助陣。

至於小龍女與楊過在終南山因爲誤會而分手，楊過此時也正在急著尋找她，這倒是李莫愁所始料未及的。

——這是外表斯文美貌的李莫愁第一次被「逼」得現出其粗鄙的一面。

這時，第一次離開桃花島出來闖蕩江湖的郭芙與武氏兄弟也到了這裏，並加入了這場混戰。雖然郭芙與武氏兄弟的武功並不足懼，但念及他們背後名揚天下的郭靖、黃蓉夫婦，再加上己方寡不敵眾，李莫愁在戲耍了心高氣傲的郭芙與武氏兄弟一番後，與徒弟洪淩波飄然而去。

但李莫愁並不甘心就這樣失去她的《五毒秘笈》，故開始再次尋找捉拿陸無雙以及救走了她的那個青衣怪客。一日在一個小鎮，李莫愁終於從茶館掌櫃那裏打聽到了陸無雙等人的下落，急於奪回《五毒秘笈》的心理讓李莫愁連夜尋找兩人的居處。

不料迎接她的居然是楊過與程英的簫歌相和，耳裏簫聲如述，不由得李莫愁回憶起少年時與愛侶陸展元笛笙相和的旖旎風光來，只是一念及而今已是「風月無情人暗換」時，終於忍不住大放悲聲。眼裏看見三人的歡愉，慣於遷怒於旁人的她更是氣不過，心中的殺機在越來越濃的妒忌中節節升高且越燃越熾。當下李莫愁縱聲高歌金人元好問的〈邁陂塘〉，一心要以悲歌來殺死三人的愉悅之情。

雖然茅舍前有程英布下的土堆陣，可在李莫愁破壁而入的左側卻是全無防護。危急之際，楊過將陸無雙交於他保管的《五毒秘笈》擲還給李莫愁，又將程陸二人偷偷塞給他的半塊錦帕也還給了李莫愁。自知今日絕無倖免的三人此時此刻心事脈脈眼波盈盈，而程英更將一曲〈桃夭〉彈得更爲纏綿愉悅。

面對錦帕——她少女心事的載體，李莫愁心中泛起了千般柔情，一時胸中轉過了無數念頭，但在最後皆化爲了一團戾氣。待把錦帕撕得稀巴爛，李莫愁拂塵輕擺，再度唱起「問世間情爲何物」，只等三人被她歌聲中的悲戚感動得一齊落淚就狠下殺手。

正當危急時，傻姑的突然出現擾亂了李莫愁的悲歌，而黃藥師的現身更使得李莫愁差點反被黃藥師的琴聲所制。不料這時傻姑忽然發現楊過酷似楊康，驚慌之下擾亂了黃藥師的心神，使得琴上唯一的一根弦也崩斷了。當下李莫愁抓住機會打熄燭火逃出了茅屋，而黃藥師自顧身分不能出屋追擊，故李莫愁終於得以逃脫。

受此大辱的李莫愁不甘就此罷手，於是就在左近的西面山後找了所破敗的小茅屋住下，並用白紙寫上「桃花島主，弟子眾多，以五敵一，貽笑江湖」這十六個大字，貼於門上。其目的自是想激得黃藥師自恃身分不親自出手，這樣她就無所畏懼了，爲此她甚至連徒弟洪凌波也遣走了。

事情果然正如李莫愁的意料，黃藥師不久就發現了她藏身的所在，但在她的計謀之下只得悻悻離去。至於當夜黃藥師將能克制她武功的桃花島絕學「彈指神通」與「玉簫劍法」傳授給只見了一次面、卻彼此覺得投緣的楊過之事，卻是李莫愁所始料未及的。

不久李莫愁探得黃藥師已經離去，又找了個機會對付那個會使三火叉的傻姑。李莫愁的本意是想用五毒神掌殺了這傻女人的，卻不料傻姑在受傷後居然反手一掌差點打折她的臂骨，當下李莫愁只能打傷了傻姑就急急遁去，但結果總算也是差強人意了，而剩下來的楊過、程英、陸無雙她自然並不放在眼裏。當下李莫愁便施施然地前去尋仇，不料卻適逢楊過居然異想天開地想要打造一把大剪刀來對付她的拂塵。

自覺藝高膽大的李莫愁自然不在意這個小把戲，當下好整以暇地等待這把大剪刀的出爐，在等待中她又隨手用一根冰魄銀針把那張十六字的字條釘在了鐵匠鋪的房柱上。不料這個外表猥瑣的老鐵匠竟是當年被黃藥師打折了一條腿並逐出桃花島的小弟子馮默風。雖然馮默風被師父黃藥師打折了腿落得終身殘廢，但因為馮默風是黃藥師撫養長大的，平素又對師父最為尊敬，故對師父仍然忠心耿耿，當下楊過這邊又多了一個強手助陣。在楊過的激將之下，生平從未與人動手的馮默風終於出手迎戰李莫愁。

當然自認武藝高強兼應敵經驗豐富的李莫愁並不會把馮默風放在眼裏，不料馮默風居然憑藉著燒紅的拐杖與大鐵錘燒毀了她的稱手兵器與身上的衣衫，使得她狼狽戰敗。如果不是楊過脫下身上的衣衫替她遮掩，李莫愁的清白就毀於一旦了。

李莫愁和羞敗走之後，雖然心中對這次敗績耿耿於懷，但《五毒秘笈》終於又回到她的手中，這讓她放下了心中的一塊大石頭。於是，對《玉女心經》的渴望又占據了李莫愁的全部心思，不知不覺中李莫愁又順著師妹小龍女與楊過最可能出現的路徑一直追去，不久之後她來到了被蒙古大軍圍困的危城襄陽。

一夜城中忽然火起，正住在火場附近的李莫愁離開客棧察看情況，正遇以金輪法王為首的蒙古軍高手來襲。其時郭靖受傷，為逼出郭靖，金輪法王與尼摩星等人在城中縱火。而黃蓉剛剛產下一女嬰，金輪法王與楊過、小龍女為爭奪女嬰而纏鬥不休。

李莫愁出現時適逢金輪托著女嬰自屋頂跌落，當下李莫愁不假思索地伸手接住了金輪與在它上面的女嬰。因爲見到楊龍二人爲救女嬰奮不顧身，故李莫愁一心以爲這個剛剛降臨人世的小女嬰是楊過與小龍女的骨肉，當下搶走了孩子想讓小龍女用《玉女心經》來交換。

襄陽城外的密林裏，楊過、李莫愁、金輪法王這三批人馬爲爭奪女嬰而混戰成一團，在楊過的謀劃下，李莫愁以冰魄銀針連傷了金輪法王與尼摩星兩人，由此徹底擺脫了金輪法王等人的追擊。

爲了餵養女嬰，李莫愁殺了不肯替女嬰餵奶的無辜村婦與那個尙在襁褓之中的嬰孩。又在怒氣不減之下胡亂殺了幾個村裏人，還放火燒了農家的茅屋。之後總算是楊過靈機一動，讓一頭母豹做了小女孩的「奶娘」，才免了更多的無辜者成爲李莫愁拂塵下的寃魂。

這天夜裏，李莫愁抱著女嬰與楊過共同暫住在一個荒僻的山洞裏，到了半夜，她遇見了爲博得郭芙的青睞而決鬥的武氏兄弟以及他們傷心的父親武三通。一心要爲妻爲母報仇的武氏父子當即與李莫愁動起手來，李莫愁分神之下被武三通用一陽指點中了腰間受傷不輕，但她也終於騎豹逃脫了，並用冰魄銀針傷了武氏兄弟。

這以後李莫愁就一直在襄陽城不遠的山裏隱居，每日裏擠豹乳餵女嬰，除了下山採辦日常用品就在茅舍中弄兒爲樂，日子倒也愜意。

8.幾個月後……

卻說這天李莫愁正好下山採辦米糧，不料正與送女逃回桃花島的黃蓉狹路相逢，當下被認出女兒的黃蓉纏住。

一直以爲女嬰是楊過與小龍女的孽種的李莫愁，先是中了黃蓉的計將女嬰留在棘藤陣中，後又被黃蓉用兩個紅蘋果收了冰魄銀針，並自食惡果反而中了自己的暗器。在自己死還是女嬰死的雙重選擇中李莫愁猶豫了片刻，也因此意外地保住了自己的性命。這時，她們發現在棘藤陣中的女嬰忽然失蹤了。在會合了郭芙後，她們才得知女嬰郭襄是被楊過抱走的。十分喜愛這個嬰兒的李莫愁決定幫黃蓉找楊過要回女兒，不過她這少有的好心腸在半路上就變了味，藉黃蓉等人奪取

《玉女心經》成了她心中的如意算盤。

半路上，她們從絕情谷主公孫止手裏救了武氏父子、耶律兄妹與完顏萍，而黃蓉更是用言語擠兌住武三通使他們父子不能對李莫愁動手，又說動了耶律兄妹與完顏萍加入爲她尋女的行列，從而將三個人的陣容擴大到了九人之多。

——這是李莫愁第一次見到後來和她有莫大關連的絕情谷主公孫止。

等到了終南山，適逢蒙古大軍因爲全眞教不願接受蒙古的封賜而大舉進攻終南山。去過重陽宮之後，李莫愁帶著郭芙、武氏父子以及耶律齊一行自地底溪流中進入古墓。因爲一己之貪念，李莫愁將郭芙等人關進了石室，意欲先去小龍女處搶奪《玉女心經》。

不料適逢小龍女被金輪法王與全眞教的幾個老道士打成重傷，療傷正至緊要關頭。在李莫愁欲殺兩人時，楊過巧妙地利用李莫愁的掌力衝開了小龍女淤結的大穴，卻也因此中了李莫愁五毒神掌之毒。拚鬥中，一直以爲《玉女心經》是一本書的李莫愁被楊過用一隻鞋子引進石棺，當下被困石棺之中。

不久郭芙等人因爲郭襄的哭聲意外地脫困，在墓中陳棺之室，莽郭芙用李莫愁遺留在石室裏的冰魄銀針打傷了驅毒正至關鍵時刻的小龍女，導致了她的不治。大悲大怒之下，楊過舉玄鐵重劍劈斷了上面的石棺，同時也震裂了關著李莫愁的那具石棺的棺蓋，李莫愁因此僥倖得以死裏逃生。

飽受活埋恐懼的李莫愁心性變得更為怨毒，一時間恨天恨地恨所有還活著的人，故在脫困之後就騙郭芙進入那個著了火的樹林，又點了郭芙的穴道意欲使她被活活燒死。她的罪孽更加深重了。

9.終點——絕情谷

離開終南山後，李莫愁會合了徒弟洪淩波，因為拂塵在倉促逃離石棺時丟失了，急切間也不可能再找到一柄一模一樣的拂塵，故只得找了柄劍權充兵器。

因為《神鵰俠侶》第二十八回〈洞房花燭〉中有記載，當黃蓉伸手將李莫愁的穴道解開了，並順手小指一拂，拂中了她胸口的「璇璣穴」，使李莫愁的行動與常人無異，但十二個時辰內不能發勁傷人時，李莫愁微微苦笑，站直身體，以拂塵拂去身上泥塵。而此後因為要李莫愁幫助找回女兒的緣故，也是念及李莫愁確實對郭襄不錯，黃蓉在尋女的這一路上都與李莫愁保持較好的關係。而和李莫愁有殺妻殺母之仇的武氏父子也因爲黃蓉的插手而與李莫愁暫時和平共處，而在這其間更有李莫愁等人與公孫止的拚鬥。故排除李莫愁在去終南山古墓途中失去拂塵的可能。

而《神鵰俠侶》第三十回〈離合無常〉又言，當程英、陸無雙與李莫愁師徒在絕情谷情花坳中拚鬥時，程陸二人險象環生，但幸得李莫愁的兵器不順手，且洪凌波對陸無雙顧念昔日之情不肯猛下殺手。因此程、陸二女雖處下風，卻還能勉力支持。

這時距離李莫愁逃離古墓的時日尚不久，而此間李莫愁又未與敵人拚鬥，不可能有機會丟失她的稱手兵器——拂塵。而《神鵰俠侶》第二十九回〈劫難重重〉寫到李莫愁自石棺中僥倖脫身之時，以長形石枕引開武三通等人的注意，未提及她的拂塵。之後郭芙將李莫愁錯當成自己母親黃蓉時，雖然是火焰煙霧影響所致，但考證起來此時的李莫愁未帶拂塵也未嘗不是郭芙看花眼的原因之一。

故我們可以推知，李莫愁的拂塵當是遺落在古墓中的。正如壯士好俊馬愛名劍一樣，我們也可以推測李莫愁那柄拂塵必然也不是什麼普通的凡兵鈍器，至少它的柄是精鋼鑄成的。所以馮默風只能燒毀李莫愁的拂塵尾巴，也因爲拂塵的難得，故李莫愁雖然心痛兵器被毀，但並未棄去這已毀的兵器，而不久之後當她再次出現時已經能配備新的拂塵尾了。而在古墓遺失拂塵之後，一時之間就只能找把不稱手的長劍暫時用用了。

不料在絕情谷附近居然遇見了老頑童周伯通，結果李莫愁師徒二人被他引進了絕情谷，並遇見了同樣被老頑童引進谷中的陸無雙與程英二人。正所謂仇人相見分外眼紅，當下兩批人就在谷中動起手來，而絕情谷的弟子見有外人在谷中動武，就用帶刀漁網陣將四人逼進了兇險的情花坳。

情花叢中李、洪師徒與程、陸二女生死相搏，打鬥之中楊過與小龍女忽然出現，李莫愁大驚之下急於脫身。而在楊過提醒程、陸二女的話語中，李莫愁得知那些豔麗的花上有刺，且花刺劇毒無比，於是她更急於殺了程、陸二女，並意欲以她們的身體鋪在情花上做墊腳石。不料楊過奮不顧身衝入情花叢中救了程英與陸無雙的性命，使得李莫愁的奸計功敗垂成。

這時黃蓉一批人也來了，情急之下李莫愁再也顧不了師徒情分，將徒弟洪淩波扔進了情花叢中，試圖藉洪淩波的身體脫困。不料就在李莫愁即將要成功飛越情花叢的那一刻，洪淩波躍起抱住了李莫愁的左腿，當下兩人一起跌入了情花叢中，一時間千萬根劇毒的情花尖刺刺入了李莫愁的身體，雖然她立刻把洪淩波殺了也已無濟於事——她嚴重地中了情花的毒。

而隨後，聽了黃蓉告訴她的那個既能脫困又不至於傷了徒弟性命的簡單方法後，更不由得李莫愁心中懊悔殺了洪淩波這個世上自己唯一的親人。不過李莫愁很快的就以「徒弟的命是我救的，爲我死了也是應該的」這種想法擊退了自己的內疚，緊接著又在再次中情花之毒與亂刀分屍的兩難選擇中，選擇了前者。

因爲意識到解這花毒的藥還需得著落在這山谷中尋找，所以當黃蓉等人在水仙莊爲解藥鬧成一團時，李莫愁就在絕情谷中漫無目標地遊蕩。也是在這時，李莫愁正式結識了公孫止。

——這是李莫愁第二次見到公孫止。

公孫止貪圖李莫愁的美貌，許諾要爲她取得解藥。而李莫愁爲了要活命，雖然心中惱怒他的輕薄，但也與之虛與委蛇。

水仙莊的大廳裏，在一燈法師、黃蓉、楊過等人的眼面前，公孫止奪得世上唯一的半枚絕情丹；而水仙莊外面，李莫愁殺了唯一能解情花之毒的天竺僧，使楊過與自己同時陷入了絕望的境地。

不久在斷腸崖上，被眾人圍困的公孫止爲保命交出了半枚絕情丹。而李莫愁在眾人與玉蜂陣的圍追堵截下，前無去路，後有追兵，在得知世上唯一的半枚絕情丹已經擲入絕情谷底的深淵中，而唯一有望解情花之毒的天竺僧又已經死在自己的冰魄銀針之下後，身中情花之毒飽受煎熬的李莫愁徹底絕望了，終於最後一次高歌著「問世間，情爲何物……」，在絕情谷的烈焰中自焚而死！時李莫愁年約三十五歲【注二】。

注一：

有關李莫愁年齡的考證：

《神鵰俠侶》第二回〈故人之子〉曾經提到：武三通急躍出洞，但見李莫愁俏生生的站在當地，不由得大感詫異：「怎麼十年不見，她仍然這等年輕美貌？」當年在陸展元的喜宴上相見，李莫愁是二十左右的年紀，此時已是三十歲，但眼前此人除了改穿道裝之外，卻仍是肌膚嬌嫩，宛如昔日好女。她手裏拂塵輕輕揮動，神態甚是悠閒，美目流盼，桃腮帶暈，若非素知她是殺人不眨眼的魔頭，定道是位帶髮修行的富家小姐。

在同一回中亦提到：她（李莫愁）自十歲以後，從未與男子肌膚相接，活了三十歲，仍是處女之身。……她一把抓住少年，本欲掌心發力，立時震碎他的心肺，但適才聽他稱讚自己美貌，語出眞誠，心下不免有些歡喜，這話若是大男人所說，只有惹她厭憎，出於這十三四歲少年之口卻又不同，一時心軟，竟然下不了手。

至此我們可以知道其時李莫愁當為三十歲無疑。而以後當楊過長大成人，李莫愁再次出現在楊過與小龍女之生命中的年紀，我們可以從小說對男主人翁楊過的描述中推斷得出。

《神鵰俠侶》第十五回〈東邪門人〉提到：楊過聽了他（黃藥師）指點的竅要，問明暸其間的種種疑難，潛心記憶，但覺這兩門武功俱是奧妙精深，算來縱有小成，至少也得一年之後，若要穩勝，更非三年不可，說道：「黃島主，要立時勝她（李莫愁），那是無法可想的了。」黃藥師道：「三年之期轉瞬即過。那時你以二十一二歲的年紀，即已練成這般武功，還嫌不足？」

我們可以據此推測，此時楊過當為十八九歲年紀，而楊過第一次見到李莫愁時是十三四歲，故可以推測其時距楊過第一次遇見李莫愁已經過了五年，因而李莫愁是三十五歲左右。而小說在此後又沒有描寫到有關過春節、迎新年之類的情節，故我們可以假設以後的情節都在一年之內完成，沒有跨年的現象，所以綜合以上的種種資訊，李莫愁的終年當是三十五歲左右。

附：有關李莫愁的出道：《神鵰俠侶》第十六回〈殺父深仇〉提及：李莫愁嘿嘿一笑，道：「我半生行走江湖，真還沒見過這等上陣磨槍、急來抱佛腳的人。」此時李莫愁當為三十五歲左右。所以綜合前面得出的種種資料，李莫愁出道時當是十八歲左右。

附錄II 李莫愁的武功

1.「五毒神掌」

李莫愁縱橫江湖十幾年的殺手鐧之一。

五毒神掌顧名思義即掌中蘊含著劇毒，能輕易制人於死地。與其他掌法不同的是，五毒神掌不以掌力的迅猛取勝，因爲它厲害在掌上所蘊的劇毒，所以五毒神掌的掌力輕柔，以此來引誘敵人上當。而在發掌之時，雙掌摩擦之中更會發出腥臭的味道。

五毒神掌與冰魄銀針一樣是李莫愁的看家本領，所不同的是冰魄銀針乃師父所傳，而五毒神掌則是李莫愁在離開古墓之後自創的。從武三娘中掌後的中毒症狀觀察可知：一般中了五毒神掌之後，表皮沒有破裂的跡象，只是中掌之處皮膚全部變成黑色，同時肌膚變得麻木不堪。而這點與冰魄銀針有驚人的相似，所以筆者忍不住懷疑五毒神掌的毒性與冰魄銀針上所餵的毒藥具有同一性。若二者同時施用，威力將更爲驚人。

又，當李莫愁僅僅需要警告當事人時，五毒神掌所留下的則僅是詭異的朱砂色印痕，此印痕深入肌理，洗之不去，而且伴有痲木之感，這大概是李莫愁得名「赤練仙子」的原因吧。

2.「冰魄銀針」

林朝英當年最厲害的兩件暗器之一（另一件是我們後面會提到的「玉蜂針」）。

冰魄銀針的毒性猛烈，中針之後立時令人肢體痲木，不聽使喚，傷口處的顏色更是一團漆黑，而針上毒性之猛即使蜈蚣之類毒蟲也經受不住。更厲害的是，冰魄銀針即使是捏著也會中毒，楊過當年就曾因爲捏了一下冰魄銀針而中毒，如果沒有歐陽鋒傳他經脈逆行之術，差點就死在冰魄銀針之下。所以成年以後，楊過對李莫愁這一獨門暗器一直保持十足的戒心。

出古墓之後，李莫愁在師門所學的基礎上又自行創發了掌中夾針的手法，即在別人全神貫注提防她的五毒神掌之時，忽然在近身之處發射暗器，往往令人防不勝防，不少武學名家便是因此而喪身在她的手下。十數年來，在李莫愁的這一手法下逃得性命且反制住她的僅有黃蓉一人：其時黃蓉以藏在懷裏的兩隻大蘋果收住李莫愁的兩枚冰魄銀針，更引得李莫愁一掌打來，於是以彼之道還治彼身，終於使得李莫愁害人不成反害己，差點丟了性命。

3.《五毒秘笈》

乃李莫愁親手所著的有關使毒的一本秘笈，書中記載了「五毒神掌」與「冰魄銀針」上的毒藥以及解藥的藥性、配方和製法。任何人只要得到《五毒秘笈》，對李莫愁的五毒神掌與冰魄銀針就不必再忌諱，而屆時李莫愁就如毒蛇被拔去了毒牙，十成功夫就去了六七成了。所以平日裏這件寶貝莫說是陸無雙，即使是洪凌波也不給看的（根據《神鵰俠侶》記載，洪凌波會使的只是劍法與一點拳腳功夫，而從未見有關洪凌波會使五毒神掌或者冰魄銀針的記載）。

因爲李莫愁對《五毒秘笈》裏的內容爛熟於胸，所以將它收藏於赤霞莊的秘密地方，也因此曾被陸無雙偷了去，引出了李莫愁的千里追蹤，陰錯陽差地促成了陸無雙與楊過的結識，以及與陸無雙與程英的重逢。

4.「三無三不手」

以拂塵爲兵器，乃李莫愁所創的第一陰毒之招數。

◇第一招：「無孔不入」

乃是向敵人周身百骸進攻的招數，雖然是一招，其實千頭萬緒，一招之中包含了數十招，竟能同時點人的全身各處大穴。此乃無可抵擋之招，閃得左邊，右邊穴道被點，避得前面，後面穴道受傷。

破解方法：

其一，適用於武功遠勝於李莫愁的高手。具體方法是：以狠招正面撲擊，以逼得李莫愁回過拂塵自救。然後以攻擊爲後續，以防「三無三不手」的第二招。

其二，適用於楊過等習過歐陽鋒自創的經脈逆行法或其他經脈逆行之術者。具體方法是：用歐陽鋒傳授的經脈逆行之術將全身經脈盡數封閉，任由李莫愁的拂塵在全身無數大穴上拂過。此時因爲全身穴道盡數封閉，只會覺得無數穴道上同時微微一麻，立即無事。

其三，適用於輕功絕佳者。具體方法是：打不過就逃。但此項操作中有一個難題，即避招者必須具有高於李莫愁一籌以上的輕功水平，但在實際上，古墓派的輕功獨步武林，所以可行性不大。

其四，適用於一般人。具體方法是：迅速調整自己的姿勢，以便儘量讓自個兒能死得少一點痛苦。

◇第二招：「無所不至」

乃是點人周身諸處偏門穴道的招數，因爲所點之穴偏門，是平常武功所疏於防範之所，所以較「無孔不入」更難以對付。

破解方法：

其一，適用於武功遠勝於李莫愁的高手。具體方法是：繼續以攻爲守，務求在最短的時間裏制服李莫愁，以防她發出致命的第三招。

其二，適用於楊過等習過歐陽鋒自創的經脈逆行法或其他經脈逆行之術者。具體方法是：迎擊「無孔不入」之後，立即將身子急轉，倒立著一腳踢出，以使李莫愁的招數不得近身。以頭撐地，伸出左手戳向李莫愁的右膝彎委中穴，迫使李莫愁閃身避開。

其三，適用於輕功絕佳者。具體方法是：輕功絕佳者在第一招之時應該已經逃離李莫愁的攻擊範圍，如果此時仍未逃離，應該已經凶多吉少，故不再考慮後續問題。

其四，適用於一般人。具體方法是：此人已先期死亡，故已在世界人口登錄處除名，所輸資料無法進入系統——紅色警告，當機！

◇第三招：「無所不為」

此招不再點穴，專打眼睛、咽喉、小腹、下陰等人身諸般柔軟之處，是以叫作「無所不爲」，陰狠毒辣，可說已有些無賴意味。但在實際對敵中相當有效，往往能一擊致命，永絕後患。

破解方法：

其一，適用於武功遠勝於李莫愁的高手。具體方法是：此時李莫愁當已伏誅或者是被點中穴道，無法發出「三無三不手」的最後一擊「無所不爲」。否則，武功遠勝於李莫愁的高手等同於普通人，在李莫愁此一擊下絕無生路。

其二，適用於楊過等習過歐陽鋒自創的經脈逆行法或其他經脈逆行之術者。具體方法是：一、繼續倒轉身體，於是攻眼睛的打中了腳背，攻喉嚨的打中了小腿，攻小腹的打中了大腿，攻下陰的打中了胸膛。本來攻其柔軟的招數，逢其堅實，遂沒有半點功效。二、趁著李莫愁一呆之際，張口咬住她的拂塵尾，一個翻身直立，立時奪過李莫愁的拂塵。

附錄三 古墓派的武功

1.《玉女心經》

《玉女心經》是林朝英在情場失意之後所創，當時她正深居於古墓之內，打敗王重陽和他那套勞什子武功是林朝英在創這套武功時最大的想法。可因爲在林朝英的內心深處她始終未能對王重陽忘情，所以《玉女心經》寫到最後一章時，林朝英幻想著有一天能夠與意中人並肩擊敵，所以就創出了《玉女心經》與全眞教武功聯合對敵，且威力劇增的功夫，即「玉女素心劍法」。當然在創立這套劍法時林朝英是純屬寄情自娛還是存著王重陽回心轉意的僥倖想法，我們後人就不得而知了。只是這套劍法相當管用，在酒樓上小龍女與楊過正是靠這套劍術擊退了武功高於他們的金輪法王，但同時這套劍法又蘊含了太多的情意，使得武功雖妙，卻不能致敵於死地。在這套「玉女素心劍法」中，林朝英寄予了她一生的情感理想，將畢生所學盡融入此中，或「浪跡天涯」，或「花前月下」，或「清飲小酌」，或「撫琴按簫」，或「掃雪烹茶」，或「松下對弈」，或「池邊調鶴」，或「小園藝菊」，或「茜窗夜話」，或「柳蔭聯句」，或「竹簾臨池」，每一招都暗合一件韻事，招招男女與共，說不盡的風情旖旎。因創制劍法時本為自娛抒懷，故劍法雖然厲害卻實無傷人斃敵之意。

2.「玉蜂針」

此乃古墓派兩種獨門暗器之一，與「冰魄銀針」齊名。它乃是細如毛髮的金針，以六成黃金和四成精鋼製成。因為還以古墓馴養的玉蜂尾刺上的毒液煉過，故名「玉蜂針」。它雖然形體極為細小，但因黃金沈重，擲出時仍可及遠。只是因為這暗器過於陰毒，林朝英自來極少使用，中年以後她的武功出神入化，更加不須用此暗器。玉蜂針與冰魄銀針是由林朝英傳於其貼身丫環，即李莫愁與小龍女的師父的。其後，因為李莫愁不願發誓永居古墓以承衣缽，是以師父傳了李莫愁冰魄銀針後就不再傳她玉蜂針。於是若干年後玉蜂針成為小龍女的獨門暗器。

可是不知什麼原因，小龍女雖然知道冰魄銀針的解法，但在《神鵰俠侶》中，小龍女及她的戀人兼徒弟楊過從未使用過冰魄銀針。也許是金庸先生忙中出錯，把這給忘了吧。

3.「美女拳法」

乃林朝英所創的拳法，是爲古墓派武功中最奇妙最花俏的武功，每一招皆模仿一位歷史上的美女，並以該美女之名字命名。因爲古墓派的武功向來傳女不傳男，故這套「美女拳法」使來雖覺嬌媚婀娜，卻也均是凌厲狠辣的殺手。

而楊過在跟小龍女學武時也曾學過這套拳法，但又覺得這套拳法雖然精妙，總是忸忸怩怩，男人用之不雅，於是在練習之中不知不覺地在純柔的招數中注入了陽剛之意，變嫵媚爲瀟灑，然氣韻雖異，拳法仍是一如原來。有感林朝英以絕世之風姿於妙齡隱居古墓，楊過更在最後添創一招「古墓幽居」，雖然取意於林朝英之事，但卻是以自己的師父小龍女爲藍本的。在前往江南的半路上，楊過曾以此拳法打敗了前來糾纏的三個丐幫子弟，而在大勝關的英雄大宴上，楊過更是以此拳融合了《九陰眞經》裏的移魂大法，打敗了武功高出自己的藏僧達爾巴。

美女拳法的基本招式大致如下：貂嬋拜月、西施捧心、昭君出塞、麻姑獻壽、天孫織錦、文君當爐、貴妃醉酒、弄玉吹簫、洛神凌波、鈎弋握拳、則天垂簾、紅玉擊鼓、紅拂夜奔、綠珠墜樓、文姬歸漢、紅線盜盒、木蘭彎弓、班姬賦詩、嫦娥竊藥、蠻腰纖纖、麗華梳妝、萍姬針神、東施效顰、曹令割鼻、一笑傾國（此招是陸無雙故意爲難楊過而杜撰的，楊過混以《九陰眞經》上極高深的內功笑退了三個乞丐）、古墓幽居（此招爲楊過所創）。

注：又有「洛神微步」和「西子捧心」，疑爲「西施捧心」和「洛神凌波」之誤。

4.玉蜂陣

顧名思義，此乃以玉蜂（活死人墓的主人馴養的一種蜜蜂）爲武器的抗敵方法，嚴格地講，它算不上是一種武功，但臨陣對敵卻有奇效，小龍女就曾用玉蜂陣打敗了霍都王子等敵人。武功蓋世的周伯通見了此陣法也垂涎不已，纏著小龍女教他馴蜂。該陣法與古墓有極密切的關係，故亦將它視爲古墓派武功之一。

國家圖書館出版品預行編目資料

李莫愁的人生哲學／郭梅著.－－初版.－－台北市：生智，2001〔民90〕
面；公分.－－（武俠人生叢書；5）

ISBN 957-818-225-2（平裝）

1.金庸－作品研究 2.武俠小說－評論

857.9 89016839

李莫愁的人生哲學

武俠人生叢書 5

著　　者／郭　梅
出 版 者／生智文化事業有限公司
發 行 人／林新倫
執行編輯／洪千惠
登 記 證／局版北市業字第677號
地　　址／台北市新生南路三段88號5樓之6
電　　話／(02)2366-0309　2366-0313
傳　　真／(02)2366-0310
E-mail／tn605547@ms6.tisnet.net.tw
網　　址／http://www.ycrc.com.tw
郵撥帳號／14534976
户　　名／揚智文化事業股份有限公司
印　　刷／鼎易印刷事業股份有限公司
法律顧問／北辰著作權事務所蕭雄淋律師
初版一刷／2001年2月
定　　價／新台幣230元
ISBN／957-818-225-2

總 經 銷／揚智文化事業股份有限公司
地　　址／台北市新生南路三段88號5樓之6
電　　話／(02)2366-0309　2366-0313
傳　　真／(02)2366-0310

90.1.8.B

掃習